KB049533

# 엄한 여자 상사가 고등학생으로 돌아갔더니 내게 호감을 보이는 이유

## Why is my strict boss melted by me ?

"시모노 군, 당신 젊은 여자 사무원들을 괜히 꼬시고 그러진 않겠지?"

"아, 안 꼬셔요. 갑자기 무슨 말씀을 하시는 건데요, 과장님."

"저번에 말이야, 준법 연수가 있었거든. 알겠어? 요즘 같은 시대에는 다양한 갑질이 있어. 한 사람 한 사람이 조심해야만 하는 거지. 알겠어?"

"모처럼 둘이서 술을 먹을 때 일에 대해 잔소리를 하는 건 갑질 아닌가요?"

"뭐어? 뭐라고?"

"아뇨! 아무것도 아닙니다! ……3차쯤 되니까 많이 취했네, 이 사람."

"선배라는 입장을 이용해서 여자에게 접근하려다가는 금방 성희롱으로 고소 당할 거야! 카미조 과장 수사관이 성희롱으로 체포해버리꺼니까안!"

"과장님, 혀가 꼬이신 것 같은데요."

"시끄러허! 알고 있는 거야? 시모노! 절대로, 여자를 꼬시지 마라~! 절대로!"

"아, 알았어요. 그런 짓은 안 해요."

"젊은 여자애들하고 이야기하는 것도 금지다!"

"그런 것까지요?! 카미조 조례 너무 엄격한데!"

"뭐, 그래도 자기보다 아랫사람에게 그러니까 갑질인 거고, 자기보다 윗사람에게 하는 거라면 꽤, 괜찮지 않을까?"

"네, 네에. 음, 죄송합니다, 과장님. 무슨 말씀을 하시는 건지 잘 모르겠는데요."

"그, 그러니까! 부하가 상상에게 그러는 건, 사, 상사가 신경 쓰지 않는 한 딱히 상관없겠다 싶어서~. 다시 말해……, 여자애를 꼬시고 싶어지면 나한테 그러라는 뜻이야!"

"오~, 상사가 몸소 희생한다는 거네요! 역시 부하를 잘 챙겨주시는 과장님! 그래도 안심하세요. 저는 과장님에게 성희롱 같은 건 절대로 하지 않을 테니까요!"

"……"

"……과장님?"

"아, 그러셔!"

"어, 어~. 왜 화를 내시는 건데요, 과장님~"

"말도 안 돼! 말도 안 돼! 말도 안 돼~! 아아아아아―――, 나만 타임 리프했던 거 아니었어?! 시모노 군이 봐버렸어어어어! 죽을래! 이제 죽을 수밖에 없어어어어어!!"

시모노 쿄후유
Kofuyu Shimono

타도코로 오니키치
Onikichi Tadokoro

나카츠가와 나오
Nao Nakatsugawa

"……다른 여자 냄새가 나."

"왜 그래?"

"가슴 만질래?"

"헤이~, 헤이~, 나나찌, 뭐하고 있어~? 이예이~!"

# Character

시모노 나나야
Nanaya Shimono

카미조 토우카
Toka Kamijo

"이렇게 호감을 보이는 여자애가 과장님일 리 없어!"

"과장님이라고 부르지 마! 토, 토우카라고 부르면 되잖아."

# Contents

**WHY IS MY STRICT BOSS MELTED BY ME ?**

# 엄한 여자 상사가 고등학생으로 돌아갔더니
# 내게 호감을 보이는 이유
## ~서로 짝사랑하는 사람들이
## 처음부터 다시 시작하는 고등학생 생활~

### 토쿠야마 긴지로

커버, 삽화, 본문 일러스트
**요무**

프롤로그

Why is
my strict
boss
melted
by
me ?

"시모노 군, 잠깐 와봐."

꾸벅꾸벅 졸면서 엔터 키를 누르고 있자니 과장님이 불렀다.

아차, 나는 그렇게 생각하며 책상 앞에서 일어섰다.

잠들기 직전이었다는 게 들켰나? 어제는 늦게까지 심야 애니를 봐서 그런지 지금은 엄청난 졸음이 밀려오고 있다. 하지만 어쩔 수 없다. 어젯밤에는 '연상 선배는 나를 좋아해' 마지막 회였으니까. 녹화 시청 같은 건 용납될 수 없다. 본방 사수. 그렇기 때문에 수면 부족.

이러쿵저러쿵하면서 맞이한 점심시간 이후, 사무실에 퍼진 5월의 따스한 기운이 수면 부족인 내 눈꺼풀을 더 무겁게 만들고 있었는데……, 과장님의 목소리를 들으니 단숨에 잠이 깼다.

마치 매와 같은 과장님의 날카로운 눈초리가 내게 꽂혔다.

째진 것 치고는 눈이 크다. 작은 코가 어려 보이고 귀여운 느낌을 주지만, 굳이 말하자면 귀엽다기보다는 미인이라는 표현이 더 어울릴 것이다. 아니, 초절세미인. 까맣고 긴 머리카락이 저렇게까지 잘 어울리는 여자를 나는 27년 동안 살면서 저 사람 밖에 모른다.

"뭐 하고 있어, 얼른 와."

꾸물거리던 동안 목소리가 추가로 날아들었기에 나는 마치 섬

같은 책상들을 빙 돌아서 급하게 그녀 곁으로 향했다.

"죄, 죄송합니다, 과장님. 왜 그러시죠?"

그녀의 이름은 카미조 토우카. 스물여덟 살 나이에 서른 명 규모의 과를 책임지고 있는 슈퍼 엘리트 우먼이다.

과에는 그녀보다 연상이고 경력도 더 긴 사원도 많이 있지만, 카미조 토우카를 관리자로 인정하지 않는 사람은 아무도 없다. 실력이 좋기 때문이다.

참고로 내 이름은 시모노 나나야. 스물일곱 살에 주임조차 되지 못한 일반 사원. 실수가 잦아서 항상 과장님에게 혼나곤 한다. 겨우 한 살 차이인데 이렇게까지 격차가 심하게 생기나?

눈앞에 있는 완벽초인을 보면 나는 무심코 열등감을 느껴버린다. 일을 잘하는 데다 예쁘기까지 하니 도저히 당해낼 수가 없다. 몸매도 좋다. 정장 치마 아래로 보이는 예쁜 다리는 어딜 봐야 할지 모를 정도로 눈부시다. 무슨 타이츠가 저렇게 아름답지? 반짝반짝 빛나고 있잖아. 아, 나는 저 타이츠가 되고 싶다.

일을 잘하는 미인 상사. 연상을 좋아하는 내게는 그야말로 이상형이다. 그녀와 이 회사에서 **재회**했을 때는 그날 밤에 바로 '여자 상사, 타이츠, 이미지'로 검색했다. 검색해봤을 뿐이다. 딱히 음흉한 의미는 없다.

아, 맞다. 재회라고 표현한 데는 이유가 있다. 그녀와는 같은 고등학교 출신이다. 접점도 없었기에 그쪽은 나 같은 걸 기억하고 있기는커녕, 같은 고등학교를 다녔다는 사실조차 모르겠지만, 나는 계속 이 카미조 토우카를 동경했다. 당시부터 학생회

장을 할 정도로 리더십이 있던 선배였으니 남녀를 불문하고 그녀를 동경한 학생도 많았을 것이다. 나도 그중 한 명이었다. 동경에는 연애 감정도 포함되어 있었다. 고등학교 시절부터 나는 정말 연상을 좋아했던 것이다. 물론 소심했던 나는 고백하지도 못하고 그저 조용히 그녀를 쫓아다녔을 뿐이다. 그럼에도 불구하고 나는 그녀의 멋지고 아름다운 모습을 보는 것만으로도 충분했다.

청춘의 추억이라는 것이다.

하지만 그건 과거 이야기다. 지금 카미조 토우카……, 다시 말해 카미조 과장님은 어디까지나 내 상사. 두려움의 대상인 것이다. 그런 과장님이 불렀기에 나는 지금 두근두근, 조마조마한 심리 상태다. 지금 당장이라도 이곳에서 도망쳐서 집에 있는 따스한 이불을 뒤집어쓰고 소셜 게임을 하고 싶다. 마음에 드는 누님 캐릭터를 진화시키는데 필요한 소재를 모아야 한다. 혼나는 건 싫어싫어인 것이다.

"이쪽. 좀 더 가까이 와."

그렇게 말하면서 스물일곱 살 나이에 싫어싫어, 떼를 쓰는 꼴사나운 남자에게 눈짓하는 내 상사. 귀엽게 손짓하는 동작 같은 건 없다. 그녀는 지금 팔짱을 끼고 있으니까. 딱 좋은 크기에 봉긋한 가슴을 받치며 팔짱을 끼고 있다. 젠장……, 최고다. 이런 건 폭력이라고. 나는 저걸 머릿속으로 항상 슴희롱이라고 부르고 있다. 이런 가슴을 보여주면 일에 집중할 수가 없잖아. 정말, 우리 회사는 근무 환경 개선이 안 되네. 힐끔. 정말……, 힐끔.

아, 이런, 째려본다.

"저기, 제가 또 뭔가 저질렀나요?"

이게 진짜 '제가 또 뭔가 저질렀나요?'다. 한때, 이세계에서 유행했던 대사지만, 현실 세계에서는 이렇게 쓰는 게 맞다. 사회인의 슬픈 명대사다.

내가 그렇게 말하며 과장님 곁으로 다가가자 갑자기 내 넥타이를 잡고 얼굴을 들이댔다.

꽃처럼 달콤한 향기가 코를 간질였다. 가슴이 두근거리는 어른의 향기다.

눈앞에 있는 작고 투명한 느낌이 드는 입술이 기분 좋은 음색을 연주했다.

"넥타이 삐뚤어졌어. 당신, 이따가 대규모 거래처에 점검하러 가잖아?"

그녀의 가녀리고 하얀 손이 넥타이 이음매를 눌렀다. 그러고 보니 오늘은 늦잠을 자서 거울도 제대로 보지도 않고 집을 나섰다.

"죄송합니다, 감사합니다. 왠지 신혼부부 같아서 쑥스럽네요." "무슨 바보 같은 소릴 하는 거야. 바보 아니야? 나하고 당신이 몰래 사내 연애로 사귄 지 2년 반쯤 되었을 때 어느 날, 야경이 예쁜 레스토랑에서⋯⋯, 아니, 딱히 특별한 날도 아니고 딱히 특별한 것 없이 동거하다가 집에서 프로포즈 받은 다음에 결혼해서 날마다 아침에 다녀오겠습니다라고 하면서 뽀뽀하는 신혼이 될 리가 없잖아. 바보 아니야?"

"네, 죄송합니다!"

이런, 쓸데없는 말을 했다가 과장님의 역린을 건드려 버렸다. 얼굴이 새빨갛게 물들 정도로 화가 났다. 바보라는 말을 세 번이나 하고. 무심코 쓸데없는 말을 해버리는 게 내 안 좋은 버릇이다.

"정말……, 뭐 때문에 대규모 거래처 담당을 맡긴 줄 알아? 첫 인사이기도 하니까 정신 바짝 차려!"

"네! 그렇지, 첫 인사……, 아아아아아, 그랬지이이이이! 점검 날이 오늘이었지이!"

내가 근무하는 주식회사 디 오팀 상사는 복사기나 프린터 같은 사무용 기기를 취급하는 영업 회사다. 토너나 카트리지 같은 소모품도 함께 팔기 때문에 대규모 거래처에게는 팔기만 하는 게 아니라 애프터 서비스로 한 달에 한 번씩 점검도 한다.

그리고 이번 달부터 나는 매출의 핵심인 초대규모 거래처를 담당하게 되었다. 대규모 거래처는 회사의 규모가 크기 때문에 사무기기 숫자도 엄청나게 많다. 다양한 메이커의 다양한 사무기기를 점검하게 될 테니 경험이 부족한 나 같은 일반 사원은 매뉴얼이 필수다. 맨손으로 가면 우왕좌왕하다가 창피만 살 것이다.

그리고 오늘이 점검날이라는 것을 깜빡 잊고 있던 나는 막대한 양의 매뉴얼을 아직 준비해두고 있지 않았다. 전자 데이터로는 정리해두었지만……, 거래처로 가져가기 위해서 지금부터 인쇄하다가는 약속 시간에 맞게 갈 수가 없다. ;

"아……, 큰일이네, 어쩌지……."

"당신……, 설마."

"과, 과장님……, 도와주세요~!"

이 이야기는 그런 도ㅇ에몽 같은 목소리와 함께 시작된다.

제1장 ┃ 후회되는 걸 처음부터 다시 시작해보고
싶지 않으신가요?

Why is
my strict
boss
melted
by
me ?

술집 순례도 3차에서 끝나고 달아오른 몸에 싸늘한 공기가 스
며드는 밤길.

막차 시간은 이미 지나버렸다.

뭐, 혼자 사는 빌라는 그리 멀지 않기 때문에 택시를 타고 가
도 문제는 없지만, 다른 문제가 발생했다. 그 원흉은 내 어깨에
얹혀 있는 예쁜 여자의 손이다.

"시모노 구운~, 4차 가자, 4차~!"

엘리트 과장님이 커다란 눈이 풀린 채 내 오른팔에 달라붙어
있었다.

엄청나게 좋은 냄새가 난다. 아니, 진짜 귀엽네, 이 사람. 연
예인이냐고.

그렇게 말할 때가 아니다.

"이제 집에 가셔야죠, 과장님. 내일도 일해야 한다고요."

"싫어싫어싫어~! 시모노 군하고 술 먹을 거야~!"

귀엽잖아! 이 녀석, 대체 뭔데! 귀엽잖아! 집에 포장해 간다!

헉, 이런, 이런, 방심하면 이성을 잃어버릴 것 같다. 과장님에
게 이런 면이 있었을 줄이야. 의외로 술이 약한가? 둘이서 술을
먹은 건 처음이라 지금까지는 몰랐는데.

내가 낮에 한 실수를 메꾸기 위해 일부러 거래처까지 따라와

준 과장님. 그 솜씨는 정말 대단했다. 매뉴얼도 없이 그 막대한 양의 사무기기를 점검하고, 거래처의 별생각 없는 질문에도 곧바로 대답했다. 그 지식량에 나는 그저 감탄하기만 했다.

그 보답으로 오늘 밤에 한잔 사겠다고 과장님에게 말했던 건데……, 낮에 그렇게 멋지던 그녀는 어디 간 건지, 볼을 분홍색으로 물들이고, 머리카락을 마구 쓸어올리고, 블라우스 단추는 두 번째 것까지 대담하게 풀어두었다. 아, 타이즈 너머로 허벅지가 내 다리에 닿았어. 젠장……, 내가 고등학생이었다면 졸도했을 거라고. 어른 누님 무섭다!

아무튼, 그녀를 무사히 집까지 데려다줘야만 한다. 다행히 과장님의 집은 회사 바로 옆이다. '인생에서 가장 낭비는 통근 시간하고 이익이 생기지 않는 아첨이야'라는 말버릇에 따라 회사에서 가장 가까운 역 근처에서 사는 금욕적인 모습. 빈틈이 너무 없어서 오히려 무서운데, 그 덕분에 막차가 끊겼는데도 걸어서 데려다줄 수가 있다.

나는 스마트폰으로 지도를 띄우면서 비틀거리는 과장님을 안내했다.

"자, 과장님네 집은 이쪽이죠? 가요."

"왜 과장님 집을 아는 거야~, 시모노~! 스토커냐~! 과장님 스토커냐아~!"

갑자기 혀가 안 돌아가는 것 같은데!

"아까 술 먹을 때 어디 사는지 이야기가 나와서 과장님이 말씀하셨잖아요. 자, 가시죠!"

"음~, 술 먹는다고 했잖아~, 상사 말 안 들을 거야~! 나는 과장이라고~!"

"지금 '과장님'에게 혼나는 것보다 내일 맨정신으로 만날 '과장님'에게 왜 안 데려다줬냐고 혼나는 게 더 싫다고요. 자, 똑바로 걸어요."

나는 비틀거리는 과장님의 어깨를 꽉 끌어안고는 억지로 걷게 했다.

"음~, 시모노는 항상 이렇게 여자를 홀리는 거야~?"

목소리 톤이 낮아졌다. 좀 진정이 되기 시작한 건가?

"제가 인기 없다는 건 과장님도 아실 텐데."

"우리 사무원들에게는 인기 많아~."

"타카노 씨하고 스즈키 씨 말이죠? 다 큰 아이들을 둔 주부분들이 잘해주는 건 인기가 있는 게 아니라고요. 게다가 그건 제가 실수를 자주 하니까 어린애 같아서 귀엽다고 생각하는 것뿐이고요."

"……그렇지 않은 것 같은데."

과장님이 미심쩍어하며 눈살을 찌푸렸다. 내가 진짜 남자로서 주부분들에게 인기가 많다고 생각하는 건가? 일은 잘하는데 이런 통찰력은 없네. 너무 높은 절벽 위의 꽃이라 남자가 접근하지 않아서 그런지 연애에는 둔한 모양이다. 뭐, 인기가 없는 내가 이런 말을 해봤자 설득력이 없겠지만!

"과장님은 진짜로 인기 많잖아요. 우리 회사 남자 사원들은 다들 몰래 과장님을 노리고 있다고요."

"관심 없어."

그거야! 그거! 그래서 남자가 접근하지 않는다고! 이러면 외모와 수입에 정말 자신이 있는 훈남 사업가나 이탈리아 사람처럼 정열적인 인기남이 아닌 이상 무서워서 꼬실 수도 없다고!

정말, 취한 줄 알았는데 사실 냉정한 건가?

"관심 없어!"

과장님은 몸을 쭉 기대면서 붉게 물든 예쁜 얼굴을 내게 가까이 가져다 댔다. 어? 왜 두 번이나 말한 거지?

왠지 화가 난 것 같으니까 일단 사과하자.

"당신은 어떤데."

"네?"

"당신은 연애 같은 거에 관심 있는지 묻잖아."

이런, 잔소리 모드에 들어갔다. 냉정하다고 해야 하나, 그거네. 술에 취해서 감정 기복이 심해진 패턴이다. 제일 골치 아픈 거다.

지금은 없다고 하는 게 정답일 것이다. 일에만 집중. 바로 이럴 때 상사에게 어필을 해야지.

"없어요. 저는 일에만 집중하고 싶거든요."

"정말로? 지금까지 연애에 관심 있었던 적이 한 번도 없어?"

"그, 그야 고등학교 때는 동경하던 사람이 있기도 했는데요……, 그 정도로 저는 일에만 집중한다고요!"

뭐, 그렇게 동경하던 사람이 고등학교 시절의 당신이지만요. 그리고 당신은 저를 기억하지 못하고 있지만요. 눈물이 난다.

"쳇, 또 그 이야기야?"

어~, 자기가 물어봐 놓고! 술자리에서 몇 번 이야기한 화제이긴 하지만!

"죄송합니다."

"흥. 계속 그렇게 동경 같은 소리만 하지 말고 일이나 제대로 해."

"네, 죄송합니다."

내가 왜 혼나는 건데?! 어? 좀 전까지 초등학생 같은 어휘력으로 떠들어대던 주정뱅이한테 내가 왜 혼나는 건데?! 그건 상사니까. 그녀가 상사이기 때문이다. 월급쟁이의 슬픈 운명이다.

"시모노 군."

"네."

"토할 것 같아."

"너무해! 아무리 그래도 그건 갑질이라고요! 아무리 저라도 울어버릴 거예요!"

"아니야, 토할 것 같아."

과장님은 얼굴이 창백해진 채 입을 손으로 막기 시작했다. 그제야 나는 그녀가 뭘 호소하는 건지 눈치챘다.

"으아~, 으아~, 으아~! 괜찮으세요? 과장님?"

필사적으로 과장님의 등을 쓸어주고, 근처에 쉴 수 있는 곳이 있는지 찾아보았다. 하지만 이미 많이 걸어와서 주택가로 들어왔다. 편의점조차 보이지 않았다.

초조해하면서 고개를 이리저리 돌리다 보니 문득 안쪽에 희미하게 붉은 토리이가 보였다. 신사라면 벤치가 있을 거라고 생각한 나는 과장님을 조심스럽게 그쪽으로 안내했다.

곧바로 경내로 들어가 구석에 있던 벤치에 앉힌 다음, 내가 입고 있던 재킷을 걸쳐주었다.

"괜찮으세요? 과장님."

"응……, 좀 나아졌어."

"다행이다."

"여긴 어디야? 설마, 러브호텔……?!"

"신사라고요! 대충 피부로 느껴지는 공기로 야외라는 것 정도는 알 수 있잖아요!"

"이 근처에 신사 같은 게 있었나?"

과장님이 의아하다는 듯이 말했다. 꽤 오래된 것처럼 보이니 새로 지은 건 아닌 것 같고, 그냥 과장님이 술에 취해서 제대로 기억하지 못할 뿐일 것이다.

"뭐, 그래도 쉴 곳이 있어서 다행이네요."

"역시 쉬고 갈 생각이었구나!"

"아니, 당신이 토할 것 같다고 해놓고! 그리고 이 시간이라면 숙박이라고요!"

"참배할래애~!"

"분위기 좀! 주정뱅이냐! 아니, 응, 주정뱅이 맞네!"

좀 전까지 토할 것처럼 웅크리고 있던 여자가 신이 나서 신사 건물로 다가갔다. 천진난만하기는.

"과장님, 너무 들떠서 움직이면 또 속이 안 좋아질 거라고요."

"시모노 군도 와서 기도해."

아니, 뭘 빌라고. 딱히 빌고 싶은 소원은 없는데. 굳이 말하자면 주임으로 승진하는 거 정도……?

어둠 속에서 적외선 레이저처럼 과장님의 날카로운 눈초리가 날아들었기에 포기하고 나도 신사 건물로 향했다.

"얼른 해."

"네."

기다리고 있던 과장님 옆에 서서 새전을 던져넣었다.

그리고 짝짝, 두 번 절하고 두 번 박수. 목욕재계 같은 건 안 했지만, 뭐, 그렇게까지 꼼꼼하게 챙길 필요는 없겠지. 분위기다, 분위기.

무슨 소원을 빌지 고민하면서 문득 오른쪽 눈을 떠서 옆을 보았다.

아름다웠다.

눈을 감고 기도하는 그녀는 별빛에 윤기 있는 머리카락을 반짝반짝 빛내고 있어서 정말 아름다웠다.

나는 무심코 가슴이 두근거렸다.

왠지 옆에 있는, 아무것도 장점이 없는 남자가 정말 쓸쓸하게 느껴졌다.

그녀는 절벽 위의 꽃이다.

그럼에도 불구하고 나는 옆에 서 있다.

만약에 다시 시작할 수 있다면, 정말 치사하고 한심한 생각일지도 모르겠지만.

그래도 만약에 그녀와의 만남을 처음부터 다시 시작할 수 있다면.

카미조 토우카의 옆에 서는 게 어울리는 남자가 될 수 있게끔 노력해보고 싶네.

나이도 꽤 먹은 어른 한 명이 그런 소원을 별이 걸린 하늘에 빌었다━━━.

보아하니 나도 취기가 꽤 올라온 모양이었다.

◆

머리가 아프다. 숙취다.

최악의 기분으로 잠에서 깨어난 나는 몸을 일으켰다.

이런 상태로 일을 하러 가야만 하다니, 그냥 고문이다. 시대가 시대였다면 고소했을 거라고. 그런 걸로 고소해도 되는 시대가 오기를 미래에 기대한다.

자, 지각이라도 하면 아침부터 또 과장님에게 혼날 테니 물이라도 마시고 준비할까.

그렇게 생각한 나는 충전이 끝났을 스마트폰을 손으로 더듬어 찾았다. 역시 아직은 눈을 뜨는 게 힘들다. 일단 스마트폰을 찾으면 눈을 뜨자.

뜨자……, 뜨자……, 뜨자……. 그런데 스마트폰을 찾을 수가 없었다. 항상 충전기에 연결한 채 베개 옆에 두는데. 스마트폰

대신 뭔가 길쭉하고 손에 쏙 들어오는 크기의 물체를 발견했다. 이게 뭐지? 딱딱하고, 차갑고, 가운데에 갈라진 부분이 있네. 햄버거 장난감인가? 그럴 리가 있나. 그렇게 아침부터 허무한 자문자답을 하면서 나는 포기하고 눈을 뜨기로 했다.

들고 있었던 것은 피처폰이었다.

어? 영문을 알 수가 없네. 피처폰이 왜 있지? 너무 많이 취해서 휴대폰 대리점에서 피처폰을 계약한 건가? 어제의 나, 그러면 안 되지. 너무 골치 아픈 짓을 했잖아.

아니, 스마트폰은 어디 간 건데. 머리도 아프고, 이제 얼른 회사 갈 준비를 해야 하는데.

초조해진 나는 본격적으로 스마트폰을 찾기 위해 일어섰다. 그런 다음 눈을 크게 뜨고 주위를 둘러보았다.

"아니, 왜 친가인데?!"

내가 있던 곳은 친가였다.

하얀 벽지로 둘러싸인 4평 정도 되는 방. 침대 옆에는 자그마한 TV 받침대. 그 건너편에는 초등학생 때부터 써왔던 공부용 책상. 분명히 친가의 방이다.

아무래도 어제 나는 휴대폰 대리점에서 피처폰을 계약한 다음 일부러 전철을 갈아타 가면서 친가로 돌아온 모양이다. 얼마나 취했던 거야. 아니, 친가에서는 회사까지 거리가 꽤 되는데. 아~, 이미 지각 확정이다. 최악. 아니, 지금 몇 시지? 일찍 일어났으니까 아직 괜찮으려나?

내 방을 둘러보며 시계를 찾아보았다. 벽에 걸려있던 동그란 시계는 7시가 넘었다는 걸 알려주고 있었다. 네, 안 되겠네요. 이미 늦었어.

"……어라, 잠깐만 기다려 봐."

점점 졸음이 가시는 것과 동시에 돌아가기 시작한 뇌가 내게 위화감을 호소했다.

저 동그란 시계, 대학교에 진학하면서 혼자 살기 시작했을 때 가지고 갔을 텐데. 아니, 그 이후에 취직해서 이사했을 때도 가지고 갔다. 다시 말해 지금도 내가 **혼자 사는** 아파트에 있는 것이다.

어째서 친가(여기)에 있는 거지? 혼란스럽다. 매우 혼란스럽다.

다시 어젯밤에 있었던 일을 떠올려보자.

과장님하고 3차까지 술을 마시고, 막차가 끊겨서 일단 집이 근처인 그녀를 걸어서 데려다주고……, 응? 데려다줬던가? 그 이후로 어떻게 했지? 어라, 생각이 안 난다. 기억이 완전히 날아가 버렸어. 과장님하고 이야기했던 건 부분적으로 기억하고 있는데, 아무리 애를 써도 끊긴 기억이 선명하게 떠오르지 않는다.

아니, 막차를 놓쳤는데 내가 어떻게 친가까지 온 거지? 택시 같은 걸 타고 왔다면 돈이 꽤 많이 들었을 텐데. 물론 일반 사원인 내게 그런 금전적인 여유는 없다. 그리고 휴대폰 대리점이 그렇게 늦은 시간까지 문을 열 리가…….

나는 들고 있던 피처폰을 다시 보았다.

어라, 왠지 낯익다.

낯익…….

나는 정신이 번쩍 들어서 급하게 공부용 책상을 보았다.

어째서 책상 선반에 아직 **고등학교 시절**의 교과서와 참고서가 꽂혀 있는 건데.

여기는 내 방인데, 분명히 내 방이 아니다.

나는 조심조심 접이식 피처폰을 딸깍, 열어보았다.

작은 화면에 떠 있는 날짜.

5월 18일. 이것 자체는 이상할 게 없다. 이상할 게 없지만.

"말도 안 돼, 왜 월요일이지? 어제는 수요일이었을 텐데……, 아니, 애초에."

애초에 내가 지금 들고 있는 **고등학교 시절에 쓰던 휴대폰**에 떠 있는 연도는————, 11년이나 거슬러 올라간 연도였다.

그리고 까맣게 암전된 화면에 반사된 내 얼굴을 보고 나는 경악했다.

이봐, 이봐.

나, 고등학생으로 돌아갔잖아~!

◆

경악스러운 사건으로부터 몇십 분 뒤.

나는 학교 문을 지나고 있었다. 다시 말해 등교한 것이다.

어째서 등교하냐고? 아니, 그야 고등학생이니까 학교에 가는 게 당연하지.

아니, 아니, 어째서 그렇게 고등학생으로 돌아간 걸 순순히 받아들인 거냐고?

이건 이른바 타임 리프라는 현상일 것이다.

그야 나도 처음에는 깜짝 놀랐다. 아직 꿈을 꾸고 있는 줄 알았다. 하지만 틀에 박힌 반응처럼 볼을 꼬집어 보았는데 아팠고, 내 방에서 거실로 가보니 젊어진 어머니가 있었고, TV를 틀어보니 당시에 유행했던 드라마 예고를 하고 있었고. 이미 받아들일 수밖에 없을 정도로 내가 시간을 거슬러 왔다는 건 틀림없었기 때문이다. 애니메이션이나 영화에서 본 적이 있는……, 타임 리프라는 현상 같다. 11년 전이면 언제쯤이었을까, 그렇게 냉정하게 햇수를 계산해보니 딱 고등학교 1학년 봄이었다. 이제부터 3년 동안 청춘이 기다리고 있는 나이다.

그 사실을 새삼 인식했을 때 내 심정이 어땠는지 알아?

앗싸━━━━━━!! 회사 안 가도 된다━━━━━━━━!!

최고잖아!! 회사를 안 가도 된다니!!

잠깐 학교에 가서, 잠깐 수업을 듣고, 잔업도 없이 저녁에는 귀가!

그럼 등교해야지! 학교 갈래! 회사가 아니라 학교 가도 된다면 학교 갈래!

그래서 나는 정겨운 모교에 등교한 것이다.

이렇게 시원스러운 느낌은 뭘까. 정겨운 냄새가 나는 봄바람이 마치 민트처럼 숙취가 남아있는 머리에 싸하게 스며든다. 그러고 보니 술 냄새는 안 나려나? 열여섯 살인데 술 냄새가 나면 큰일인데.

일단 몸의 냄새를 확인하고는 괜찮을 거라 판단한 다음, 나는 곧바로 교실로 향했다.

아마 1학년 때는 7반이었을 텐데. 교실이 어디 있는지는 아슬아슬하게 기억하고 있었다.

기억을 더듬어 도착한 교실 앞에서 나는 심호흡을 한 번 했다. 이런, 긴장되기 시작하네.

이러쿵저러쿵해도 11년 만이다. 마음은 고등학교 시절 이후로 변하지 않았다고 생각하며 사회인으로 지내왔지만, 막상 진짜로 고등학생으로 돌아가게 되니 뭐라 말하기 힘든 신기한 느낌이 온몸을 감쌌다.

"헤이, 헤이~. 나나찌, 뭐 하는 거야~. 거기 서 있지 말라고 들어가자고, 히어 위 고~!"

"오, 오니키치잖아! 어리네!"

"맞아요~, 오니입니다~, 예이! 어립니다! 엄청 해대고 싶고! 히어 위, 히어 위!"

타도코로 오니키치. 나랑 고등학교 시절에 가장 사이가 좋았던 녀석이다. 고등학교 졸업 이후에는 상경해서 카부키초의 넘버원 호스트가 되어 스물다섯 살 나이에 자기 호스트 클럽을 경영하기 시작한 타고난 인기남. 지금도 가끔 고향으로 돌아와서는 고등학교 시절 때 같은 거리감으로 대해주는 좋은 친구다. 그런 고등학교 시절의 오니키치다.

"어라, 그런데 오니키치가 껄렁대기 시작한 건 고등학교 2학년 때부터 아니었나…….'"

"왜 그래, 나나찌, 아침부터 잠꼬대나 하고, 히어 위, 히어 위!"

"아니, 여전히 시끄럽네! 히어 위, 히어 위가 뭔데! 고까지 말하라고!"

"나나찌의 태클은 고귀함 맥스, 초 베리 굿!"

초 베리 굿은 이 시대에서도 낡은 말이잖아! 그게 유행했던 때는 10년 더 거슬러 올라가야 하지 않나? 그건 그렇고 고등학교 시절의 오니키치는 기운이 넘친다. 어른이 된 그가 얼마나 차분해졌는지 이제야 잘 알 수 있게 되었다.

"오니키치, 내 자리가 어디였지?"

아무리 그래도 자리 위치까지는 기억하지 못하고 있다.

"음~, 나나찌, 진짜로 잠꼬대하는 거야?"

아차, 오니키치라면 대충 넘어갈 수 있을 줄 알았는데, 너무 의심스러웠나? 호스트 클럽을 경영할 정도니까 껄렁대더라도 사실 머리가 좋겠지.

"아, 아니……, 몸이 좀 안 좋아서, 머리가 잘 안 돌아가거든."

크~, 역시 만년 일반 사원의 두뇌 회전. 변명거리에서 한계가 느껴진다~.

"얼굴도 좀 빨갛긴 하네."

그건 아마 숙취 때문일 거야.

"어디, 나나찌, 이마 내밀어 봐, 샤라포바."

당시에 유명했던 테니스 선수를 떠올리게 해주며 오니키치가 갑자기 이마를 맞댔다. 오니키치는 키가 커서 몸을 약간 앞으로 숙였다.

"야, 오니키치, 좀 창피해."

"이대로 키스할까?"

"호스트냐!"

아니, 호스트이긴 하지만!

나는 급하게 이마를 떼냈다.

"헤이, 헤이~. 열은 없는 것 같으니 괜찮겠네, 나나찌. 히어 위, 히어 위, 히어 위 고~."

고를 붙이는 기준을 이해할 수가 없다.

이러쿵저러쿵하면서 오니키치에게 내 자리 위치를 들은 나는 가방을 책상 옆에 걸어두고 곧바로 앉았다.

그 순간, 누군가가 나를 뒤에서 끌어안았다. 또 오니키치인가?! 그렇게 생각했는데 등에서 느껴진 부드러운 감촉을 통해 남자가 아니라는 걸 알 수 있었다.

몰캉.

그리고 출렁.

"으아, 뭐야, 누구야!"

"누구냐고 물으신다면 대답해드리는 게 인지상정."

"뭐야, 나오구나."

"끝까지 말하게 해달라고~, 이 녀석~!"

뒤에서 나를 끌어안은 사람은 소꿉친구인 나카츠가 나오였다. 밝은 오렌지색 단발에 귀여운 덧니가 매력 포인트인 동안 여

Illustrations copyright © YOM

자애. 교복을 아슬아슬하게 교칙 위반 수준으로 대충 입은 모습은 청순한 계열이 유행하는 11년 뒤와는 달리 척 보기에도 이 시절 여고생답다. 벌어진 셔츠 너머로 보이는 가슴 계곡이 눈에 들어와서 어딜 봐야 할지 모르겠다.

원래 내가 있던 시절의 나오는 고등학교를 졸업한 뒤에 멀리 있는 대학교로 진학했고, 그 이후로도 배낭여행을 하며 세계 각지를 돌아다녔기에 소원해졌다. 그래서 오니키치와는 달리 매우 정겨운 느낌이 들었다.

"더우니까 떨어지라고."

"어라어라, 쑥스러워하기는. 내가 끌어안아서 서버렸어?"

"아침부터 음담패설이 진짜 심하네! ……아니, 원래 그렇게 거유였나?!"

"나나야말로 아침부터 성희롱이 심하잖아! 그래, 나는 거유야! 대담한 성희롱 꼬맹이에게는 서비스로 만지게 해주지! 마음껏 만지기 5000엔!"

"서비스가 아니잖아! 약간 저렴한 습가 업소 같은 가격이네!"

"습가 업소……?"

아차, 나는 대체 몇 번이나 이렇게 아차라고 생각하는 걸까. 주위에 있는 여자들은 습가 업소라는 단어의 느낌으로 망측한 뜻이라는 걸 눈치챈 모양이었다. 의아한 눈초리로 나를 보고 있다. 남자들 몇 명은 싱글거리고 있다. 고등학생 주제에 습가 업소를 알고 있다니, 애늙은이 녀석들. 오니키치는 깜짝 놀라고 있다. 껄렁대는 주제에 순진하냐!

"일단 좀 떨어져 줄래?"

내가 쓴웃음을 지으며 나오에게 그렇게 말하자 그녀는 포기한 건지 순순히 등에 가져다 댔던 가슴을 떼냈다. 아, 좀 아쉽네.

그리고 물러설 때 귓가에.

"나나야라면 언제든 마음껏 만지게 해줄게."

그렇게 섹시한 느낌으로 속삭였다.

이 반에는 호스트하고 술집 여자밖에 없나.

그렇게 생각하면서도 내 머리가 터지기 일보 직전이었던 건 비밀이다.

◆

방과 후. 나는 2학년 교실이 있는 2층으로 와 있었다. 1학년 교실은 1층에 있어서 계단을 오르면 금방이다.

자, 여기서 퀴즈를 하나 내도록 하지. 내게는 지금 꼬셔서 함락시키고 싶은 여자가 있다. 그게 누굴까요, 맞아, 카미조 토우카야, 정답.

그런데 어떤 세계에 직속 상사를 꼬시려 하는 부하가 있을까. 게다가 그 부하는 실수만 해대는 만년 일반 사원. 상사는 스물여덟 살 나이에 과장까지 승진한 초 유능한 관리직. 그래, 불가능하지, 정답.

난이도 문제가 아니다. 거기에 연애라는 개념이 개입할 여지는 전혀 없다. 출발선에 서지도 못한 것이다.

그래서 나는 자주 후회하곤 했다. 아~, 고등학교 때 과장님을 꼬실 걸 그랬다고.

그녀가 S 레어급으로 강한 캐릭터라는 건 마찬가지지만, 고등학교 시절이라면 아직 강화 전이다. 진화를 마치지 않은 상태다. 어째서 그때 다가서지 않았을까.

홋……, 그렇게 심한 말을 하다니. 고등학교 시절이라 더 무능하고, 동정이고(아니, 동정인 건 지금도 마찬가지지만), 애송이였던 내게 그렇게 심한 말을 하지 말라고~. 불쌍하잖아, 내가! 당연히 불가능하지!

그래, 고등학교 시절의 나였다면 말이지.

타임 리프를 자각한 그때, 회사에 가지 않아도 된다는 것 말고 내 머릿속에 떠오른 게 한 가지 더 있었다.

후회되는 걸 다시 처음부터 시작할 수 있다.

게다가 이 기억을 지닌 채로.

스물일곱 살인 시모노 나나야가 스물여덟 살인 카미조 토우카를 함락시키는 건 불가능하다.

열여섯 살인 시모노 나나야가 열일곱 살인 카미조 토우카를 함락시키는 것도 불가능하다.

하지만 스물일곱 살인 내가 열일곱 살인 과장님을 함락시키는 건 식은 죽 먹기지!

나는 어른이라고. 자동차 면허도 못 딴 고등학생 암컷 꼬맹이 정도는 세 시간만 있으면 끝장낼 수 있다고!

그녀 주위에는 스쿨 카스트 톱인 훈남 인싸들도 잔뜩 있긴 할 것이다. 하지만 어차피 평범한 고등학생. 두려워할 필요는 없다.

나는 자신 있게 미소를 지으며 2학년들이 있는 복도를 걸어갔다.

상급생의 복도는 왠지 묘한 압력이 느껴져서 긴장되곤 하는데, 이렇게 보니 다들 귀엽다.

훗, 동정 군들, 멋진 청춘을 보내도록 하게나.

어이쿠, 과장님……, 아니, 내 토우카의 교실에 도착한 모양이다. 그녀가 몇 학년 몇 반이었는지는 당연히 기억하고 있지.

나는 교실 문에 손을 대고 대담하게 드르르륵! 소리를 냈다.

자, 마이 허니는 있으려나?

교실 가운데.

그녀는 예의 바르게, 그리고 단정한 자세로 자리에 앉아 집에 갈 준비를 하고 있었다.

카미조 토우카.

가늘고 섬세한 검은 머리카락. 커다란 눈에 긴 속눈썹. 맑고 깨끗하고 하얀 피부는 마치 눈 같다.

예쁘다.

너무 예쁘다.

"아……, 아으ㅇㅇㅇㅇㅇㅇㅇㅇㅇㅇㅇㅇㅇㅇㅇㅇㅇㅇㅇㅇㅇ."

땀이 잔뜩 났고, 단숨에 무릎이 부들부들 떨리기 시작했다.

"뭐야, 1학년, 누구 찾는 사람 있어?"

입구 근처에 있던 2학년 훈남이 떨고 있던 내게 말을 걸었다.

"즈어, 즈어기이, 카비조조조조조서서서서서서선배애."

"뭐야, 이 녀석, 웃기네."

무서워~! 2학년 무서워어~!!

"뭐야, 뭐야~? 왜 그래? 유우지~, 1학년 괴롭히는 거야?"

갸루! 무서워!!

"아니야, 이 녀석이 멋대로 당황한 거라고. 누구한테 볼일이 있어서 왔다는데."

맞아, 나는 볼일이 있어서 여기로 온 거야. 이제 와서 뭘 겁먹고 당황하는 건데.

하지만 11년 전이 떠오른다. 너무나도 예전이라 잊고 있던 사실.

압도적인 오라를 뿜어내고 있는 고등학생 과장님을 나는 다시 바라보았다.

맞아. 그랬지. 이 사람은 고등학교 시절부터 격이 달랐다.

상사와 부하라는 명분으로 알고 지내던 그때가 차라리 나았다.

아무런 접점도 없는 이 시대. 어떻게 저런 완벽 미인에게 평범한 내가 말을 걸 수 있을까.

스물일곱 살인 시모노 나나야가 열일곱 살인 카미조 토우카를 함락시키는 건 도저히 불가능한 일이었다.

부하로서 혼나던 나날이 그립고 원망스럽다.

미래를 그리워하는 매우 신기한 체험을 하고 있자니, 2학년 훈남이 뭔가 눈치챈 듯이 씨익 웃었다.

"야~, 토우카~! 이 녀석이 너한테 볼일이 있는 것 같은데~!"

이런! 들켰다! 너무 노골적으로 과장님을 쳐다보고 있었나!

훈남에 이어 갸루가 곧바로 맞장구를 쳤다.

"잠깐~, 또 토우카에게 고백하는 남자애야~? 이번 달에 대체 몇 명째인데~, 꺄하하."

그렇게 말하며 깔깔 웃는 갸루. 저 웃음은 아마도 격침될 거라는 전제 때문일 것이다. 비웃는 의도가 포함되어 있는 것 같다.

"그만둬라, 1학년, 구경거리만 될 거라고."

자상하게 조언해주는 것 같지만, 훈남의 얼굴을 보니 재미있어하는 게 분명했다.

"아니, 1학년 군, 그런 외모로 용케도 토우카에게 고백하려 했네~. 용기가 대단해."

갸루도 나름대로 부추기려는 의도를 숨기지 않고 있었다. 내가 아직 아무런 말도 하지 않았는데도 고백한다는 걸 이미 확정 짓고 있었다.

아니, 사실 맞긴 한데.

고백까지는 아니더라도, 나는 과장님을 꼬시러 여기 왔으니까!

훈남과 갸루 때문에 교실 전에서 주목받게 되자 꼴사나운 마음 때문에 주눅이 들 것 같아졌지만, 지금 물러나면 남자가 아니다.

타임 리프 같은 기적을 낭비할 거냐! 나나야! 좀 전까지의 그 기세는 어쨌어?! 가라!

마음을 굳게 먹고 다시 과장님을 똑바로 바라보았다.

소동이 일어난 걸 눈치챘는데도 표정이 전혀 변하지 않은 채 마치 관심이 없다는 듯한 눈초리로 이쪽을 바라보며 다가오는 과장님.

아~, 저 눈초리는 회의 때 자주 봤던 눈초리인데. 영업 목표를 달성하기 위해서 내가 기획한 안건이 전혀 마음에 들지 않았을 때의 눈초리와 똑같다.

또각또각, 항상 듣던 하이힐 소리가 들릴 것 같은 리듬으로 과장님이 서서히 내 곁으로 다가왔다. 교복 치마 아래로 보이는 윤기 있는 타이츠만은 유일하게 정장 차림이었을 때와 마찬가지다. 한순간 원래 있던 시절의 과장님이 눈앞에 있는 여고생과 겹쳐졌다.

문득 어제 들었던 말이 머릿속에 떠올랐다.

관심 없어――.

에잇, 약한 마음 먹지 말라고! 가라! 가라고! 나나야!

"저저저저저저저, 저기, 전 1학년 시모노 나나야라고, 합니다! 카미조 선배, 저하고, 친구가 되어주세요!"

과장님이 내 앞에서 멈춰 섰다.

그리고 그녀가 대답하기도 전에 옆에서 웃음소리가 들렸다.

"어? 뭐야뭐야, 왜 친구? 웃기네! 1학년, 그건 아니지! 푸하하하."

"잠깐~, 1학년 군, 진심이야~? 고백할 줄 알았더니 친구라니! 소심해서 그래? 아니면 천진난만한 건가? 아니, 동정이구나~! 꺄하하하하하."

젠장……. 입 좀 다물고 있으라고. 이게 지금 내가 할 수 있는 최선이란 말이야. 고백 같은 걸 할 수 있을 리가 없잖아. 접점을 만든다. 그것만으로도 내게는 역사를 바꾸는 전진이라고. 대체 뭐야. 그렇게 웃지 마. 약간 울고 싶어졌다.

"잠깐, 시끄러워."

"네! 죄송합니다!"

과장님의 차가운 목소리를 듣자 조건반사적으로 사과해버렸다.

어흐흑. 항상 겪던 패턴.

"너 말고, 옆에 둘. 별것 아닌 걸로 떠들지 말아줄래?"

"어?"

좌우를 둘러보니 나와 마찬가지로 훈남과 갸루가 깜짝 놀란 표정으로 과장님을 보고 있었다. 하지만 과장님은 그런 두 사람을 무시하고 계속 말했다.

"시모노 나나야 군."

"네, 네."

"그럼 친구가 된 기념으로 같이 집에 갈까."

그녀는 그렇게 말하고 내게 팔짱을 끼며 달라붙었다. 그리고 고개를 어깨에 기댔다. 방긋방긋 미소를 지으면서.


"""어어어어어어어━━━?!"""


교실에 있던 모든 학생들이 깜짝 놀라 한목소리로 외쳤다.

물론 나도 참가했다.


이, 이, 이, 이게 대체 뭐야~!!!

◆

운동부의 구호가 울려 퍼지는 저녁때쯤 교문 앞.

내 등, 팔, 다리에 대량의 시선이 화살처럼 꽂히고 있었다.

"나나야 군은 팔이 꽤 두껍구나. 옷을 입으면 말라 보이는 타입이야."

이상하다.

이런 기적이 일어나도 되는 걸까.

정말 멋진 향기를 풍기는 여고생 한 명이 내 왼팔을 두 손으로 잡고 그 부드러운 몸을 기대고 있다. 꽃 같은 어른의 향기가 아니라 감귤 계열처럼 풋풋하고 신선한 향기다.

사람들의 주목을 끌어버리는 것도 어쩔 수가 없다. 그녀, 카미조 토우카는 학교 안에서도 유명한 카스트 톱클래스 미인이다. 그런 미인이 시원찮은 남자애와 팔짱을 끼고 교문 앞을 지나가는 걸 보면 난 질투할 거야. 틀림없이.

"좀~, 나나야 군, 듣고 있어? 혹시 아까 그 두 사람 때문에 아직 화났어? 미안해. 나쁜 애들은 아닌데. 내가 다시 확실하게 말해둘 테니까."

"아, 아뇨, 딱히 그런 건. 과장……."

"과장……?"

"아, 죄송합니다! 혀를 깨물었을 뿐이에요! 카미조 선배하고 같이 집에 갈 수 있을 거라곤 생각을 못 해봐서, 긴장했거든요."

"……그래? 뭐, 그렇겠지. 응. 진짜~, 그런 말을 하면 누나가

부끄럽잖아."

이봐! 이게 뭐야! 무슨 일이 일어나고 있는 거냐고!

이렇게 호감을 보이는 과장님은 본 적도 없는데! 어제도 팔을 잡힌 채 같이 집에 가는, 완전히 똑같은 상황이었지만 그때는 호감이 아니라 술주정만 부리던 과장님이었으니까. 설마 과장님이 술을 먹은 건 아니겠지? 고등학생은 술 같은 걸 먹으면 안 된다고요. 그럴 리가 없다. 그럼 대체 뭔데? 누가 좀 설명해줘!

하지만 뜻밖의 사태에 휘둘리고 있을 때가 아니다. 모처럼 타임 리프 2주차 청춘 대작전이 스타트를 괜찮게 끊었잖아. 이 기회를 반드시 잘 살려야만 한다.

대화를 해야 한다. 뭔가 대화를. 어라, 나 항상 과장님하고 무슨 대화를 했더라? 기본적으로 일 이야기만 했던 것 같은데. 안 되겠다……, 화제가 생각나지 않아. 지금 당장에라도 연애 멘탈리스트 Yuito(유이토)의 강의 동영상을 보고 싶다. 이 시대에는 아직 동영상 업로드 사이트 같은 게 그렇게까지 유행하지 않았으려나? 고등학생이 피처폰을 들고 다니는 시대니까 유행하지 않았겠지.

"혹시 나하고 같이 있는 거 별로 안 즐거워?"

말을 꺼내지 못하고 우물쭈물거리고 있자니 과장님이 먼저 말을 걸어버렸다.

"설마요! 즐거워요! 네! 정말 즐거워요! 보세요, 너무 즐거워서 껑충껑충 뛸 정도라고요!"

과장님과 팔짱을 끼고 있다는 것도 잊은 나는 그 손을 뿌리치

듯이 앞으로 껑충껑충 뛰어가 버렸다. 젠장~, 나는 바보인가? 멍청이냐? 바보냐? 동정이냐? 이러니까 스물일곱 살까지 동정인 녀석은 안 돼! 아니, 동정 아니거든!

"아하하하하, 왜 갑자기 껑충껑충 뛰는데? 나나야 군, 재미있네!"

설마 하던 과장님 대폭소. 평소에 미간을 찌푸리고 있는 과장님만 봐서 그런지 그 격차 때문에 심장이 입 밖으로 튀어나올 것 같다. 귀엽다.

"죄, 죄송합니다. 저도 모르게."

"정말, 먼저 가지 마~. 누나 쓸쓸하단 말이야~."

과장님은 그렇게 말하며 잔걸음으로 다가와 다시 내 팔을 잡았다. 그 기세로 인해 가슴이 닿았다. 가슴이 닿았다. 가슴이 닿았다.

"쯧" "쯧" "쯧"

주위에서는 혀를 차는 소리가 확실하게 울리며 합창을 하기 시작했다. 남자들의 눈이 악마처럼 붉게 빛나고 있다. 사바트라도 시작하는 건가? 무섭다.

"카미조 선배, 학교에서 너무 달라붙으면, 저기, 그런 관계라고 오해를 살 텐데요."

"그런 관계라니, 어떤 관계?"

"아니, 그러니까……, 사귄다고요."

그러자 과장님은 얼굴을 새빨갛게 물들인 다음 곧바로 팔을 놓았다.

"아, 미안! 미안! 그렇지! 에헤헤."

부끄러워하는 과장님도 귀엽다. 사실 고등학교 시절에 과장님이 누구와도 알콩달콩하게 지내는 쉬운 여자였을지도 모르겠다고 생각하며 조금 불안했는데, 보아하니 아니었던 것 같다. 뭐, 남자에게 관심이 없다고 딱 잘라 말한 과장님이 아무리 어렸을 때라고 해도 그런 사람이었을 리는 없겠지. 좀 전에 훈남과 갸루가 나를 비웃은 걸 신경 써서 사이좋게 지내기 위해 노력해준 건지도 모르겠다.

아~, 그렇구나. 맞아, 맞아. 이해가 된다. 신경 써준 것이다. 틀림없어. 그 과장님이 갑자기 이렇게 호감을 보일 리가 없으니까! 뭐야, 그랬구나. 그렇게 생각하니 조금 쓸쓸한 반면, 냉정해지기 시작했다.

"자, 갈까요, 카미조 선배."

"응!"

마음이 차분해진 뒤로는 교문을 나서서 과장님 집까지 천천히 둘이서 걸어갔다.

가족 이야기, 중학교 시절 이야기, 좋아하는 연예인 이야기. 과장님과 이렇게 이야기를 많이 한 건 처음일지도 모르겠다.

입사한 지 5년. 오랫동안 함께 지냈는데 과장님에 대해 전혀 몰랐다는 생각이 새삼 들었다. 타임 리프해서 정말 다행이다.

30분 정도 걸어가자 과장님 집 앞에 도착했다. 주택가에 있는 깔끔한 2층 단독주택이다.

"데려다줘서 고마워."

"저야말로 카미조 선배하고 이것저것 이야기할 수 있어서 즐거웠어요. 감사합니다."

"왠지 딱딱한데. 모처럼 친구가 되었는데 카미조 선배라고 부르면 남 같잖아. 토우카라고 불러 줬으면 좋겠는데. 그리고 반말해도 돼."

"아뇨, 아뇨, 그건 창피해요. 그리고 친구라고 해도 선배니까."

"음~, 그야 그럴지도 모르겠지만……."

"저기~, 왜 저하고 친구가 되어주신 건가요? 전혀 알지도 못하는 후배인데."

"자, 여기서 퀴즈입니다. 이유가 뭘까요?"

"아니, 그걸 물어봤는데! 그리고 퀴즈 출제 방식이 조잡해!"

"아하하, 정말, 나나야 군은 반응이 하나하나 귀엽네~, 누나 심쿵사해버릴 것 같아."

"자, 잠깐만요, 놀리지 말아주세요."

심쿵사는 내가 할 것 같다고.

"놀리는 거 아니야~, 아까 한 이야기 말인데, 나는 딱히 그런 관계여도……."

"카미조 선배?"

"……아, 아무것도 아니야! 그럼 또 보자, 바이바이!"

주홍색 저녁놀에 얼굴을 물들인 채, 그녀는 집 안으로 사라졌다.

찰랑대는 뒷머리가 반짝반짝 빛나서 정말 예뻤다.

나는 집 쪽으로 발걸음을 돌린 다음 걸어가기 시작했다.

그리고 천천히 생각했다.

잠깐만 기다려 봐. 방금……. 어? 가능성이 있나? 어, 모르겠다. 착각한 건가? 아니면 들뜬 것뿐인가? 모르겠다! 동정은 모르겠다고! 도와줘요, 연애 멘탈리스트 Yuito!

알맹이는 아저씨인 남자 고등학생, 시모노 나나야. 여전히 여심을 이해하지 못한다.

◆

집으로 돌아와 보니 현관에서 여동생이 알몸으로 기다리고 있었다.

무슨 말을 하는 거냐고 생각하겠지? 그렇지? 좀 더 이해하기 쉬운 표현을 써야 했겠지, 미안, 미안. 좋아. 간단히 말하지.

집으로 돌아와 보니 현관에서 여동생이 알몸으로 기다리고 있었다.

"뭐 하는 거야! 너!"

"변태 노예 오빠 주제에 여왕님인 코후유를 기다리게 하다니, 배짱도 좋네."

"무시하지 마! 옷 입어!"

나는 입고 있던 블레이저 재킷을 여동생에게 내던졌다. 이 녀석이 언제부터 여왕님이 된 건데. 그리고 왜 알몸인 거야.

시모노 코후유, 내 여동생이다. 11년 전이니까……, 눈앞에 있는 코후유는 중학교 2학년인가? 어머니를 닮아서 그런지 키가

Illustrations copyright ©YOM

작고 몸이 가냘프다. 이 무렵은 포니테일에 빠졌던 시기라 긴 머리카락을 예쁘게 묶었다. 친오빠가 이런 말을 하면 좀 이상하 겠지만, 얼굴은 그럭저럭 괜찮아서 예전부터 남자애들에게 인기가 많았다. 고등학교 때는 모델로도 스카웃되었던가? 뭐, 고등학교 시절과 비교하면 이 무렵 코후유는 아직 어린 느낌이 남아있는 소녀지만.

그런 소녀가 어째서 알몸인 건지 오빠는 전혀 짐작도 할 수가 없다.

알몸인 채 재킷을 받아든 코후유는 그것을 걸치지도 않고 코에 가져다 댄 다음 킁킁, 냄새를 맡았다.

"여자 냄새가 나. 집에 늦게 온다 싶었더니 다른 여자하고 알콩달콩 지냈어? 용서 못 해. 못된 오빠에게는 벌을 줘야겠어. 자, 코후유의 발냄새를 맡아!"

"아까부터 그 캐릭터는 대체 뭔데! 오빠도 태클을 미처 다 못 걸겠다!"

어디서 그런 SM 같은 걸 배워온 걸까. 중학교 친구들에게 악영향을 받았나? 그런 영향을 주는 친구도 위험하네.

애초에 내가 아는 여동생은 이런 변태 S녀가 아니었다…….아, 그런데 타임 리프하기 전에 여동생이 최근에 뭔가 새로운 일을 시작했다고 했었지. '애완동물이 귀여워'라고 하길래 펫 샵 점원이라도 된 줄 알았는데, 혹시 그런 거였나? 원래 여동생한테 S기질이 있었나……? 그렇다고 해도 중학교 시절의 여동생은 알몸으로 오빠를 변태 노예라고 부르던 애가 아니었을 텐데!

내가 늦게 오면 쓸쓸해하던 귀여운 여동생이었다고!

"자, 얼른 냄새 맡아, 오빠. 추우니까."

"추우면 옷을 입어!"

"여왕님은 알몸이야!"

"어떤 정보 때문에 그렇게 된 건데! 적어도 오빠가 들은 가게에는 옵션을 추가하지 않는 이상 풀 누드 여왕님은 없을 거라고!"

"가게?"

아, 이런. 데헷.

알몸 등을 밀면서 코후유를 그녀의 방으로 밀어 넣었다.

"이놈, 아직 벌이 끝나지 않았어! 잠깐, 오빠!"

나는 곧바로 옆에 있는 내 방으로 들어가 문을 잠갔다.

"정말, 아무리 여동생이라도 그러면 안 되지."

한숨을 쉬면서 의자에 앉은 나는 턱을 괴었다.

쿵쿵쿵쿵, '이놈~'이라고 화를 내는 목소리가 들렸지만 무시.

지금은 생각할 게 좀 있다고. 머리가 이상한 여동생을 신경 써줄 여유는 없어.

쿵쿵쿵쿵쿵쿵.

쿵쿵쿵, 쿵, 쿵, 쿵.

쿵쿵쿵, 쿵쿵쿵쿵쿵.

시끄러워! 포기하라고! 왜 그렇게 끈질긴 거야! 소년 만화 주인공이냐! 그리고 살짝 리듬 타지 마!

그런 다음 30분 정도 뒤에 문을 두드리는 소리가 멎자(30분 동안 계속 두들겨댄 여동생이 무섭다), 나는 그제야 느긋하게 머릿속을 정리했다.

타임 리프하고 하루가 끝났다.

무슨 계기인지, 어째서 내가 타임 리프를 한 건지는 생각해봤자 답이 나오지 않을 테니 깊게 파고들 생각은 없다. 과장님이 자주 '답이 안 나오는 문제보다 우선 해결될 만한 문제를 우선적으로 소화하도록 해'라고 말했기에 그 가르침이 몸에 배어있다.

이걸로 해결이 될지 안 될지는 잘 모르겠지만, 정보가 될 만한 샘플 숫자가 많은 의문이 한 가지 있다.

내가 알던 역사와 조금 다르다.

우선 오니키치. 역시 그 이후로 생각해봤는데 그 녀석이 껄렁대기 시작한 건 고등학교 2학년 여름부터였다. 새 학기 기념 데뷔냐고 놀렸던 기억이 있다.

그리고 오니키치의 위화감이 그냥 착각이 아니라는 확신을 가지게 된 게 소꿉친구인 나오 덕분이다. 그녀는 그렇게 거유가 아니었다. 빈유였던 것도 아니지만, 한 사이즈, 또는 두 사이즈 정도 컵이 올라간 것 같은 느낌이 든다. 야동 박사인 내가 하는 말이니 틀림없다. 그건 G컵이다. 나오의 가슴 크기는 D~E 정도였을 텐데. 애초에 그녀의 집은 우유 가게니까 가슴의 성장은 중학교 시절부터 뚜렷하게 드러나긴 했지만.

여동생인 코후유는 말할 필요도 없을 것이다.

하지만 공통적으로 말할 수 있는 건, **근본적인** 것은 변하지 않았다는 것이다. 오니키치도, 나오도, 코후유도, 그 사람 자체의 인격이 바뀐 것이 아니라 애초에 지니고 있던 자질이 드러난 타이밍이 바뀌었을 뿐이다. 다시 말해 이것은 세계선의 이동이 아니라 역사 개변. 개변이 일어난 이유란. 뭐, 짐작해보자면 내 타임 리프 때문이겠지.

이건 아마 나비 효과라는 현상일 것이다. 작은 변화가 나중에 큰 영향을 준다는 내용이었던 것 같다.

학문적으로 자세히 알지는 못하지만, 말하자면 진구가 타임머신을 타고 과거에서 무슨 짓을 저지르면 미래가 바뀐다는 장편 도○에몽에 자주 나올 법한 이야기다.

다시 말해 나는 진구. 이 타임 리프에서 행동을 하면 미래를 바꿀 수 있다는 뜻이다. 그게 아주 작은 변화라고 해도 상관없다. 단 한 명의 여자가 나를 돌아봐 주는 정도의 작은 변화.

그리고 바로 내가 알고 있던 과거와는 다른 이벤트가 발생했다.

오늘 본 과장님이다. 고등학교 시절에 과장님과 접점을 가지게 된 것만으로도 대단한 건데, 대체 그 호감도는 뭐지? 진짜로 그게 과장님 맞나? 아니, 내가 움직임으로써 과장님의 차갑고 단단한 얼음 같은 마음을 녹인 건가?! 이 말을 본인 앞에서 했다간 맞아 죽겠지.

어찌 됐든, 이건 완벽한 역사 개변이다. 내 타임 리프 2주차 청춘 대작전은 한 발짝 전진했다. 한 발짝뿐만이 아니라 삼단뛰기 정도를 해버린 것 같기도 한데……

하지만, 그럼에도 불구하고! 나는 방심하지 않는다! 인생은 그렇게 만만하지 않다. 지금 나는 확실하게 고등학교 1학년인 애송이지만, 알맹이는 어엿한 사회인이다. 인생이 그렇게까지 잘 굴

러가지만은 않는다는 사실을 싫증이 날 정도로 잘 알고 있다.

척 보기에 가능성이 있는 것 같은 과장님의 말과 행동도 내게 형편 좋게 해석했을 뿐일 가능성이 충분히 있다는 사실을 나는 알고 있다. 나는 그렇게 여자가 마음이 있어 보이는 듯한 태도를 보이는 걸 여러 번 경험했다. 신입 사무원인 마에시마도 저번에 술을 마시는 자리에서 '시모노 씨는 정말 인기가 많을 것 같네요. 왠지 함께 있으면 안심이 돼요'라고 해놓고 그날 바로 계장님하고 잤다고. 그 남자는 유부남이야! 불륜이라고! 잠깐만, 어라? 어? 진짜? 나도 기회가 있나? 그렇게 생각하면서 헤벌쭉하던 내 마음도 좀 생각하라고! 불쌍하잖아! 참고로 그때 과장님은 엄청나게 무서운 표정으로 이쪽을 노려보고 있었다. 그런 이야기에는 엄하다. 그 사람은 진짜 일에만 일편단심이네.

그렇게 딱딱한 과장님이니 오히려 이번에는 정말로 가능성이 있다고 생각해도 되지 않을까? 그런 이론도 설득력이 있긴 하지만, 지금 그렇게 답을 간단히 내놓을 수는 없다. 지금 내게는 연애 멘탈리스트 Yuito의 조언도 없다. 필사적으로 XP 시절의 두꺼운 노트북으로 '연애 멘탈리즘'을 검색해봐도 나오지 않는다. Yuito 선생님의 조언도 없이 내 얄팍한 연애경험으로 금방 결론을 내리는 건 아무리 그래도 너무 낙관적이다. 마에시마처럼 치켜줬다가 떨구는 지옥 같은 패턴을 여러 번 경험하고 싶진 않다.

신중해져라, 나나야. 사회는 그렇게 만만하지 않다. 속으면 안 된다. 착각하지 마라. 가능성 같은 건 없다. 삼단뛰기? 들뜨지 마라. 접점을 만든 것만으로도 충분하잖아.

뭐, 그러니까 마음을 단단히 먹을 생각이다. 지금부터가 시작이다.

내 타임 리프 생활은 이제 막 시작된 참이니까.

◆

아마쿠사 미나미 고등학교.

11년 전, 내가 다니던 고등학교다.

고등학교 생활은 딱히 특이한 게 없이 평범한 나날이었다. 동아리 활동을 한 것도 아니고, 학생회 임원이었던 것도 아니다. 물론 애인도 없었고, 느긋하게 약간 무난한 시험공부를 하다가 아무런 일도 없이 졸업했다.

그렇게 독도 아니고 약도 아닌 엑스트라 캐릭터 같은 고등학교 생활의 추억.

내가 보낸 청춘.

과연 청춘이란 무엇일까.

사회인이 된 이후로 그때 이렇게 할 걸 그랬다든가, 그렇게 되었으면 좋았겠다든가, 과거를 돌아볼 기회가 늘어난 것 같은데, 결국 어떤 때든지 있는 힘껏 노력할 걸 그랬다는 후회로 이어진다.

하지만 어른은 잔머리가 늘어나기 때문에 있는 힘껏 노력해봤자 결과가 따르지 않으면 의미가 없다면서 그럴싸한 말을 늘어놓게 된다. 그건 물론 정론이고, 정신없이 달리는 게 반드시 칭찬받는 것도 아니다. 있는 힘껏 노력한 게 오히려 실패의 원인이 되는 경우도 자주 있고, 정신없이 달려가는 거나 정신론을 너무 극단적으로 추구하다 보면 숨이 차게 되어버린다. 그리고 그걸 남에게 강요하기 시작하면 블랙 기업이 완성된다. 진짜로 좋게 봐줄 수가 없다.

그렇기 때문에 잔머리라는 표현을 쓰긴 했지만, 이건 엄연한 어른의 지혜다.

하지만 어른은 마음속으로 언제나 그때 있는 힘껏 노력할 걸 그랬다는 생각을 해버린다. 모순되는 걸 보니까 역시 좀 그렇지?

그런 철학을 지니기 시작한 스물일곱 살 애송이가 생각하기에 청춘이란 있는 힘껏 노력해도 모순되지 않는 시대를 일컫는 말 같다.

있는 힘껏 노력하고, 실패하더라도, 효율이 안 좋더라도, 비웃음당하더라도, 거기에 답이 확실하게 남는다.

그것이 청춘이다.

그리고 나는 청춘을 하러 다시 아마쿠사 미나미 고등학교에 다니고 있다.

RE·ADOLESCENCE. 이틀째.

점심시간, 나는 학생들이 우글거리는 학교 식당에서 덩그러니 혼자 사누키 우동을 먹고 있었다. 담백한 육수가 위를 부드럽게 데워주었다. 정겨운 맛이다.

자, 왜 내가 혼자 쓸쓸하게 우동을 먹고 있는 건지 간단히 설명하지.

4교시가 끝나자마자 곧바로 오니키치가 교실에서 같이 먹자고 제안했다. 하지만 나는 일부러 거절했다. 역시 미래의 호스트라 그런지 화려한 토크 스킬에 무심코 예스라고 대답할 뻔했지만, 아슬아슬하게 버티며 고개를 저었다. 어째서 남자하고 밥을 같이 먹자는 게 그렇게까지 매력적인 제안으로 느껴지는 거지? 오니키치, 무서운 녀석.

내가 일부러 오니키치의 제안을 거절한 이유는 단순명쾌하다. 과장님과 점심 식사를 함께 하기 위해서였다. 점심 식사라고 해도 이곳은 회사가 아니니 멋진 레스토랑에 가기 위해 학교 건물을 빠져나갈 수는 없다. 학생답게 매점에서 샌드위치라도 사서 옥상에서 먹을까 하고 생각했다.

오니키치에게 양해를 구하고 교실을 나선 나는 작전을 수행하기 위해 바로 2층으로 올라가는 계단 쪽으로 향했다.

그런데 막상 계단을 보니 갑자기 다리가 움직이지 않았다.

어제 훈남하고 갸루 때문인지 위쪽에서 엄청난 압력이 느껴졌다.

정말로, 정말로 괜찮은 건가?

그렇게 팍팍 들이대도 되는 건가?

너무 필사적이라 기분 나쁘다고 생각하지 않을까?

조금 잘해줬다고 가능성이 있다고 생각했어? 기분 나쁘네. 그렇게 생각하지 않을까?

또 비웃음의 소용돌이에 휩쓸리지 않을까?

아~, 생각났다. 맞아. 그러고 보니 연애 멘탈리스트 Yuito가 동영상에서 말했었지~.

'필사적인 모습을 보여주는 건 인기가 없는 남자나 하는 짓.'

맞아, 맞아. 응, 그랬지.

연애에 서투른 내가 하마터면 크게 실수할 뻔했다. 너무 필사적인 모습을 어필할 뻔했어. 촌스럽다, 촌스러워. 좋아하는 여자를 꼬시기 위해서 있는 힘껏 어필한다고? 너무 촌스럽잖아.

역효과라고, 역효과. 위험했네~. Yuito 선생님, 감사합니다.

어? 실패하더라도 있는 힘껏 하는 데 의의가 있는 게 청춘이라고? 내가 알 바냐! 그런 동정 같은 말을 누가 했는데! 연애는 어른의 밀당이라고! 연애 멘탈리스트가 딱 잘라 말했으니까 틀림없다고! 청춘의 정의 같은 건 어찌 되든 상관없어!

됐다, 됐어. 이 계단을 올라가기는 아직 이르다. 불량학생 만화에 나오는 떠돌이 전학생도 아니고. 급하게 짱이 되려 할 필요는 없다고.

───그렇게 결국 이제 와서 교실로 돌아가는 것도 껄끄러웠던 나는 혼자서 학교 식당에 밥을 먹으러 온 것이다. 결코 뒤늦게 겁을 먹은 동정의 말로인 건 아니다. 밀당한 결과, 식당에 온 것이다. 휴~, 아슬아슬하게 물러났군!

그건 그렇고, 사누키 우동 맛있네~. 11년 전에는 라멘이나 카츠카레 같은 것만 주문했었는데, 학교 식당에서 제일 맛있는 건 우동이었어. 11년 만에 발견했네. 역시 우동이야. 부담되지 않고 딱 좋아.

"역시 여기서 제일 맛있는 건 우동이지."

"그렇죠. 아~, 이 나이가 되어서야 눈치챘다니까요."

"정말, 이 나이라니, 나나야 군은 아직 1학년이잖아?"

"아하하, 그랬죠. 저는 지금 고등학교 1학년……, 아니, 카미조 선배?!"

내 앞에 시원스러운 향기를 풍기며 카미조 토우카가 나타났다. 그녀는 옆머리를 귀에 걸치며 테이블에 쟁반을 내려놓고는 곧바로 내 옆에 앉았다. 쟁반 위에는 나와 마찬가지로 사누키 우동이 있었다.

"어어어어어어쩐 일이세요, 갑자기."

"어쩐 일이라니, 밥 먹으러 왔어. 그런데 나나야 군이 있길래."

"아니, 자리가 이렇게 많이 비어 있는데 굳이 옆에 앉을 필요는."

"나나야 군이랑 이야기하면서 먹고 싶었는걸. 혹시 누나하고 같이 먹는 건 싫어?"

내 얼굴을 들여다보듯 몸을 들이대는 과장님. 가까워질 때마다 그녀의 향기가 더욱 진해지며 내 몸을 가득 채워나갔다. 마치 마약 같다.

"싫다뇨, 전혀 그렇지 않아요. 기뻐요. 최고예요."

"정말, 그런 말만 하다간 심쿵해서 심쿵토피아로 여행을 떠나 버릴 거야."

심쿵토피아가 뭔데?! 나도 같이 가고 싶어! 귀여워!

"사실 저도 카미조 선배하고 좀 더 사이좋게 지내고 싶어서 점심 식사를 같이 하자고 할까 생각했는데, 어제 그래놓고 오늘 또 그러면 폐를 끼칠 것 같아서요, 네."

그러자 과장님이 갑자기 내 블레이저 소매를 잡고 말했다.

"폐 안 끼치는데?"

그렇게 올려다보는 건 반칙이야!

"가, 감사합니다. 그렇게 말씀해주시니 영광이네요."

"토우카도, 나나야 군하고 좀 더 이야기하면서 사이좋게 지내고 싶은데."

촉촉한 눈이 내 하트를 꽉 잡고 놓아주질 않는다. 토우카라니. 과장님이 자신을 토우카라고 말하는 걸 들은 적이 없는데. 고등학교 시절의 과장님이 이렇게 귀여웠나. 진짜로 납품 실수했을 때 내가 봤던 과장님과는 다른 사람인데. 악귀 같은 눈으로 나를 노려보면서 '내가 곁에 있지 않으면 당신은 아무것도 못 하는구나, 정말. 이러면 진짜로 내가 딱 붙어있어야만 하는 건가? 다시 처음부터 연수할래? 내 옆에서'라고 마치 신입 사원에게 하는 듯한 잔소리를 몇 번이나 했는지…… 떠올리기만 해도 위가 욱신거린다. 뭐, 그건 내가 잘못한 거고, 매번 완벽하게 메꿔주는 과장님도 대단하지만. 그렇게 악귀 같은 눈으로 바라보던 과장님이 지금은 정반대로 천사 같은 눈으로 나를 보고 있다.

"머, 머, 먹을까요. 면이 불어버리니까."

"그래! 잘 먹겠습니다~."

휴~, 그대로 계속 바라보았다면 덮쳐버릴 상황이었다고. 평상시의 과장님이었다면 오히려 곁누르기로 반격해서 내가 당해버렸겠지만, 지금 과장님이라면 가능할 것 같다. 아니, 가능은 무슨. 고등학생 상대로 무슨 바보 같은 생각을 하는 거야? 범죄라고.

어라? 그런데 나도 지금은 고등학생이니까 범죄가 아닌가?! 합법?! 아니 범죄라고! 멍청아!

"아니, 뭐 하시는 건가요? 카미조 선배?!"

"뭐하냐니, 시치미 넣고 있는데?"

"아니! 양! 시치미가 산더미처럼 쌓였잖아요!"

"응, 산을 만들었어. 예쁘지?"

"맛이 간 예술가냐!"

그러고 보니 타임 리프 전날 술을 마실 때도 두부튀김에 겨자를 잔뜩 찍어 먹었지. 취했던 게 아니라 진짜로 미각이 위험했던 거였나, 이 사람.

"맛있는데? 먹을래? 후우~, 후우~. 자, 아앙~."

"안 먹어요! 저도 똑같이 사누키 우동 먹고 있잖아요!"

"그렇구나~, 간접 키스가 되어버리니까."

"먹을래요. 바로 먹을래요. 그대로 입에 넣어주세요."

"아쉽네, 시간 초과! 이제 안 줄 거예요~."

과장님이 입술을 삐죽대며 고개를 홱 돌렸다.

"카미조 선배, 죄송한데 잠깐 자리 좀 비울게요."

식당을 나와 안뜰로 향한 나.

"귀엽잖아! 젠장!!"

오늘 낸 소리 중에 제일 크게 외친 다음 식당으로 돌아왔다.

"아, 벌써 돌아왔네. 무슨 일이야? 화장실?"

"아뇨, 아무것도 아니에요. 실례했습니다."

자리에 앉은 나는 아무 일도 없었다는 듯이 다시 우동을 먹기 시작했다. 과장님의 우동을 보니 담백한 육수가 새빨갛게 물들어 있었다. 지옥 우동이다.

"그러고 보니 슬슬 학생회 선거 시기네요. 카미조 선배도 입후보하시나요?"

입후보한다는 건 알고 있다. 내가 보낸 첫 번째 고등학교 생활 때는 과장님이 학생회장을 했으니 당연한 이야기다. 학생회 선거에 입후보하지 않고 학생회장이 될 수는 없잖아?

알고 있는데도 모르는 척하면서 물어본 건 이유가 있다.

응원회장이다.

우리 학교는 입후보한 학생에게 응원회를 만들어주는 제도가 있고, 거기에 소속된 학생은 입후보한 사람을 도울 수 있다. 뭐, 응원회라고 해도 각 입후보자별로 소속 인원은 한 명 내지는 두 명, 많아봐야 세 명이다. 이른바 추천자 같은 위치다. 그렇기 때문에 응원회에 소속되면 필연적으로 응원회장이 된다.

그럼 응원회가 구체적으로 뭘 하는가 하면, 선거 포스터를 만들어서 게시하거나, 전단지를 돌리거나, 선거 당일에 추천 연설을 하는 등, 매우 일반적인 보조 업무를 한다.

그런데 그렇게 일반적인 업무를 맡는다는 건 선거 기간 동안 응원회가 항상 입후보자와 함께 행동한다는 뜻이다.

다시 말해 과장님과 가까워지게 되고, 도와주면서 은혜도 베풀 수 있는 일석이조의 기회인 것이다.

나는 응원회장이 되기 위해 과장님이 학생회장이 된다는 걸 알면서도 일부러 이야기를 꺼냈다. 역사의 정보를 이용한다, 이것이 바로 타임 리프 치트. 공략 위키를 보면서 미연시 2주차. 최강인데, 나.

"안 할 건데?"

"그렇죠, 카미조 선배라면 교내에서 인기도 많고 리더십도 뛰어나시니까. 아니, 사실 전 예전부터 카미조 선배의 그런 모습을 보곤 했거든요. 아하하, 아니, 안 한다고?!"

"응, 안 해."

"어째서! 어, 잠깐만, 어, 어째서!"

"오히려 나나야 군은 왜 그렇게까지 자신만만하게 내가 학생회장에 입후보할 거라 생각한 거야?"

아니, 그렇긴 한데, 그래도 역사가 그렇게 되었으니까. 그렇다고 해서 '카미조 선배는 학생회장이 될 운명이에요. 역사가 그렇게 정해져 있다고요'라고 말하면 오컬트 매니아라고 착각하더라도 이상할 게 없다.

"정말로 안 하실 건가요? 이유만이라도 말씀해주실 수 있나요?"

"청춘을 누리고 싶으니까."

"청춘?"

왠지 과장님답지 않은 말이 나왔는데.

"응. 학생회 활동을 열심히 하는 고등학교 생활, 그것도 청춘일지 모르지. 그렇게 생각했던 시기도 있었어. 하지만……, 하지만, 내가 진짜로 누리고 싶은 청춘은 그게 아니야!"

과장님은 내 눈을 똑바로 바라보며 어미에 힘을 주어 말했다. 열기를 담아 말해서 그런지 얼굴이 조금 빨개졌다.

이것도 나비 효과가 끼친 영향인가? 내가 과장님과 접점을 가지게 되어서 역사가 바뀌어버린 거야? 근본적인 이유는 모르겠다. 무언가가 과장님의 심경에 조금씩 변화를 주었고, 결과가 되어 나타났다. 그 계기가 나일 가능성은 충분히 있다.

왠지 조금 답답해졌다.

응원회장을 할 수 없게 되잖아! 아니, 그게 아니지. 물론 그것도 맞긴 하지만, 그게 아니다.

과장님처럼 사람을 잘 이끄는 재능이 있는 사람은 별로 없다. 능력이 있는 사람은 위에 서야 한다. 조직이란 그런 것이다. 아무래도 사회인 의식에서 벗어나지 못한 건지 과장님이 학생회장을 하지 않는다는 게 아깝게 느껴졌다. 역시 그녀는 리더가 되어야 하지 않을까. 응, 맞아.

"역시 학생회장에 입후보하셔야 해요! 과장님이 안 하시면 누가 하는데요!"

"아까부터 왜 그래? 나나야 군. 그렇게 선거에 진지하게……, 응? 과장님……?"

아차, 너무 열이 올라서 나도 모르게 과장님이라고 불러버렸다.

"아, 아뇨, 죄송합니다. 너무 열이 올라서 또 혀를 깨물어버렸네요."

"그, 그래……. 말하다 보면 그럴 수도 있지……."

"아하하, 그렇죠."

"응응, 그렇지!"

"죄송합니다, 어제도 그렇고, 오늘도 그렇고."

"아니, 괜찮아……, 아, 시모노 군, 그러고 보니까 저번 주에 부탁했던 재고 조사 리스트는 만들어놨어?"

"아, 그거라면 금요일에 끝내서 작업 폴더에 넣어두었는데요……, 음, 어라?"

갑자기 찾아온 위화감을 뇌가 정리할 틈도 없이 과장님이 내 어깨를 두 손으로 세게 붙잡았다. 그리고 얼굴이 새파랗게 질린 채 마구 흔들었다.

"역시!"

"어?!"

"다, 다, 다, 다, 다, 다, 다, 당신, 혹시, 시시시시시시시, 시, 시모노 군?!"

"마, 맞는데요. 이제 와서 무슨 소릴 하시는 거예요? 카미조 선배?! 역시 지옥 우동이 너무 매웠던 거 아닌가요?!"

"아니야! 그게 아니라! 당신이 주식회사 디 오텀 상사, 제1영업부, 영업과 소속 시모노 군이냐고 물어본 거야!!"

"어……, 네……, 네?! 네에?! 아! 재고 조사 리스트! 서, 설마……?!"

"아아아아아아아아아아아! 시모노 군이 봐버렸어어어어어어!"

"어, 잠깐만 기다려주세요! 카미조 선배! 혹시 카미조 선배가 그 과장님인가요……?!"

"시끄러워! 시끄러워! 시끄러워! 말도 안 돼! 말도 안 돼! 말도 안 돼~! 아아아아아─────, 나만 타임 리프했던 거 아니었어?!"

경악스러운 사실이 드러났다. 과장님은 과장님이었다.

"과장님인가요?! 과장님 맞죠?!"

내 말이 들리지도 않는 건지, 과장님은 식당 바닥에 드러누워서 구르기 시작했다. 그만해! 그런 과장님은 보고 싶지 않아! 아니, 다들 엄청 이쪽 보고 있어!

"전부우우우우! 시모노 군이 봐버렸어어어어어어! 죽을래! 죽을래애애애애애애애! 으아아아아아앙!! 이제 죽을 수밖에 없어어어어어어어어어!!"

이렇게 흐트러진 과장님을 본 적이 없는 나는 혼란스러워하면서도 드러누운 그녀에게 포기하지 않고 말을 걸었다.

"과장님! 정신 차리세요! 진정하시라고요!"

나도 패닉 상태였지만, 우선 나보다 더 심하게 패닉 상태가 된 과장님을 말려야 한다.

"죽을 거야! 나는 이제 죽을 거라고! 아멘, 고마워 마마, 파파. 아멘, 오오, 신이시여! 죽을래애애애애애애애애애!"

주위의 시선을 한데 모으며 엄청난 기세로 식당을 뛰쳐나가는 과장님.

"아, 과장님! 잠깐만요!"

나는 곧바로 그녀를 쫓아갔다.

보아하니 나만 타임 리프를 했던 게 아닌 모양이다.

식당을 빠져나와 잠시 주위를 둘러보고 있자니 입구 옆에 설치되어 있는 자판기에 쾅쾅, 머리를 들이받고 있는 과장님을 발견했다.

나는 급하게 그녀에게 다가가서 박치기 중인 머리를 막으려고 시도했다.

"스톱! 머리가 깨져버린다고요! 인간의 두개골로는 자판기를 파괴할 수 없어요!"

"파괴하고 있는 건 이 머리야!"

"그럼 더더욱 그만하세요!"

과장님의 양쪽 겨드랑이를 끌어안고 자판기에서 물러났다. 날 뛰는 그녀를 달래면서 근처에 있던 벤치에 앉혔다.

"허억, 허억, 피곤하네."

"끄응……."

강아지처럼 슬픈 듯한 목소리가 과장님의 입에서 새어 나왔다. 우선 진정했다고 판단한 나는 다시 확인해야만 하는 것에 대해 물어보았다.

"과장님……, 맞죠?"

"무슨 소리야? 나나야 군? 무슨 말인지 이해가 안 돼. 그거 에 비던스 있어?"

"완전히 과장님이잖아요! 에비던스라는 단어를 쓰는 고등학생 은 없다고!"

"시끄러워! 시끄러워! 상사에게 반말을 하다니, 언제 그렇게 대단한 사람이 된 거야? 시모노 군!"

"네, 죄송합니다, 과장님……, 아니, 인정했어! 인정한 거죠! 아니, 어제 반말해달라고 자기가 말했잖아요!"

"그건 토우카가 나나야 군에게 한 말이야! 나는 시모노 군에 게 그렇게 말하지 않았어!"

"이해가 너무 안 돼서 무섭네! 이중인격이야?! 과장님, 이상한 입체 퍼즐 같은 거 맞추고 그러진 않죠?!"

"으으……, 당신, 진짜로 시모노 군 맞지……?"

과장님이 복잡한 듯한 표정으로 나를 노려보았다. 그녀의 눈에는 눈물이 살짝 고여 있었다.

"네, 11년 뒤에 과장님의 부하가 된 스물일곱 살 시모노 나나야입니다."

"타임 리프한 거지?"

"아마도 그런 것 같네요. 과장님도……, 그런 거죠?"

"맞아. 언제부터?"

"무슨 말씀이시죠?"

"언제부터 타임 리프했냐고 묻잖아!"

"아, 죄송합니다! 음, 어제 아침부터네요."

"끝장났잖아!"

"무슨 뜻인데요?"

"완전히 끝장났잖아!"

"그러니까 뭐가 끝장났다는 건데요?"

"시끄러워!"

지금까지 이야기한 결과. 응, 늘 보던 과장님이네. 역시 그렇게 호감을 보이는 여자애가 과장님일 리가 없었다. 그렇다면 대체 어제부터 봤던 과장님은……?

"저기~, 어제부터 보여주신 과장님의 캐릭터는 뭐였던 건가요?"

"그걸 본인에게 물어봐?!"

"아니, 모르는 게 있으면 바로 물어보라고 과장님이 항상 그러셨잖아요."

"때와 상황을 고려해! 당신이야말로 갑자기 교실까지 와서 친구가 되고 싶다니, 타임 리프한 주제에 무슨 꿍꿍이야!"

"그건……."

솔직하게 과장님이 동경하던 선배여서라고 말할 수는 없다.

"뭐, 뭔데."

"저는 사실 과장님이 같은 고등학교에 다녔다는 걸 알고 있었는데, 과장님은 저 같은 건 기억하지도 못했으니까요. 모처럼 고등학교 시절로 돌아왔으니 이번에는 확실하게 기억해주셨으면 해서."

"흐, 흐응~. 그, 그래. 당신이 교실에 왔을 때는 깜짝 놀라긴 했어. 고등학교 시설의 시모노 군을 보니까 조금 귀엽다는 생각이 들어서 그렇게 대한 거야. 평상시의 시모노 군이라면 모를까, 열여섯 살 소년을 함부로 대할 수도 없잖아?"

"그렇군요……, 그래서 그렇게 잘해주셨던 거네요."

"마, 맞아! 응, 맞아! 당연하지, 평상시의 시모노 군에게 내가 그렇게 호감을 보일 것 같아?"

"아뇨, 그것만큼은 있을 수 없는 일이죠."

"맞지! 맞지! 그러니까 지금까지 있었던 일은 잊어버려. 알겠지?"

"에휴~, 상냥한 과장님은 정말 귀여웠는데……."

"어?! 그래?!"

아, 아차. 무심코 본심이……, 혼난다!

"아니, 평소에 과장님이 무섭다거나 그런 건 아니고요! 그런 과장님도 매력적이라고 해야 하나, 뭐라고 해야 하나."

"그, 그렇구나, 흐응~."

어라? 별로 화가 나지 않은 건가?

그래도 역시 지금까지 보여준 태도에는 이유가 있었구나. 과장님 상대로 가능성이라니, 그렇게 형편 좋은 상황이 있을 리가 없었던 것이다. 과장님은 어디까지나 고등학생인 시모노 나나야로 대해주고 있었다. 다시 말해 어린애처럼 대한 것이다.

"뭐, 그래도 왠지 과장님이 평소에 보던 과장님이라는 걸 알게 되니 조금 안심되네요. 별로 친하지 않은 친구에게 초대받은 결혼식에 가서 동급생을 만났을 때의 안심감이라고 해야 하나."

"이해하기 힘든 예시네. 항상 프레젠테이션은 상대방이 알아듣기 쉽게끔 간단하게 전달하는 게 중요하다고 했잖아. 그렇게 이해하기 힘든 예시는……, 오, 오랫동안 함께 지낸 나 정도밖에 이해하지 못할 거라고."

하지만 정말로 그런 기분이라는 건 분명하다. 내 타임 리프 2주차 청춘 대작전은 이틀 만에 패배로 끝났기에 상당히 실망하기도 했지만. 카미조 토우카의 알맹이가 과장님이라는 사실을 알게 되니 약간 안심이 되기도 했다.

아무래도 나는 뼛속까지 부하 체질인 것 같다.

그런 생각을 하고 있자니 과장님이 갑자기 일어서서 말했다.

"아무튼, 나는 아직 좀 혼란스러우니까 이만 실례할게. 잠깐 혼자서 차분히 생각하게 해줘.”

“아, 네. 고생 많으시네요.”

“회사도 아닌데 고생 많다고 하지 마!”

비틀비틀 떠나가는 과장님의 뒷모습을 바라보며 나는 식당 식기를 그대로 두고 나왔다는 사실을 떠올렸다.

“역시 과장님은 무섭단 말이지.”

내가 작은 목소리로 그렇게 말한 다음 식당으로 돌아가려 했을 때, 왠지 시원스러운 향기와 함께 뒤쪽에서 기분 나쁜 살기가 느껴졌다. 나는 재빨리 돌아보았다.

“으엑, 과장님!”

과장님이 발걸음을 돌려 엄청난 속도로 내 코앞까지 와 있었다. 방금 혼잣말한 거 들었나?!

“으엑이 뭐야, 으엑이.”

“아니, 저기……, 왜 그러시죠?”

다행히 무섭다고 한 말까지는 듣지 못한 것 같다.

“우동, 아직 다 못 먹었으니까.”

“아, 저도 식기를 정리해야겠다고 생각한 참이었어요. 과장님 식기도 정리해드릴 테니 괜찮아요.”

“과장님이라고 부르지 마! 정리하지 말고, 먹을 거니까.”

“어, 그래도 아마 면이 완전히 불었을 텐데요.”

“괜찮아! 먹을 거야!”

그와 동시에 꼬르륵, 과장님의 배에서 귀여운 소리가 울렸다.

과장님은 얼굴이 새빨갛게 물들었다.

"그럼, 갈까요."

"으, 응⋯⋯."

내게서 눈을 피하며 몸을 움츠리는 과장님. 악귀 같은 과장님도 식욕을 이기진 못하는 모양이다.

나는 식당으로 돌아가기 전에 신경 쓰였던 것 한 가지를 과장님에게 물어보았다.

"저기⋯⋯ 과장님은 미각에 이상이 있으신 건가요?"

"뭐어?! 갑자기 무슨 소리야!"

"우동에 시치미를 너무 많이 넣으시던데요. 저번에 두부튀김에도 겨자를 잔뜩 찍어서 드셨고. 몸에 안 좋거든요?"

"그래도 맛있는걸!"

아니, 맛있는걸이라니. 당신 알맹이는 이미 나이를 꽤 먹은 스물여덟 살 어른이잖아. 그렇게 생각하면서도 볼을 부풀리는 과장님의 반칙 같은 귀여움에 나도 모르게 가슴이 두근거렸다.

결국, 식당으로 돌아온 나와 과장님은 둘이서 완전히 불어버린 우동을 먹었다.

## 제2장 ▎ 사실은 호감을 드러내고 싶은 카미조 토우카의 타임 리프 일기

나, 카미조 토우카는 소주를 좋아한다. 하지만 스물여덟 살 먹은 여자가 소주만 먹으면 아저씨 같다고 볼지도 모른다. 그래서 오늘은 레몬 사와만 먹을 생각이다. 레몬 사와는 그나마 귀엽지 않을까? 맥주는 아저씨스러운 느낌이 소주하고 비슷한 것 같고, 그렇다고 해서 카시스 뭐시기나 깔루아 뭐시기는 너무 달달해서 못 먹는다. 레몬 사와도 좀 봐줬으면 좋겠다. 사실 고구마 소주를 먹고 싶은데 참는 거니까.

애초에 갑자기 여자에게 둘이서 술을 먹자고 하다니, 정말 이 부하는 곤란하다. 나도 컨디션이라는 게 있다고. 화장을 고칠 시간도 별로 없었는데 괜찮을까? 타이츠 올이 나가진 않았겠지? 신경 쓰이네……, 집에 가서 확인하고 싶다. 가는 김에 승부 속옷으로 갈아입고 싶어! 이자카야 테이블석에서 나는 레몬 사와를 목에 쏟아부으며 쓸데없는 걱정까지 하기 시작했다.

"과장님, 오늘은 정말 감사합니다. 차례차례 척척 점검해나가는 과장님, 멋있었어요!"

"그, 그래? 뭐, 다음에는 사전 준비를 게을리하지 말도록 해. 이래 봬도 시모노 군의 친화력을 높이 사서 대규모 거래처 담당을 맡긴 거니까. 기대에 부응해줘."

"그러셨군요, 감사합니다!"

젠장……, 시모노 나나야, 반응이 하나하나 귀엽다.

일할 때 실수가 많긴 하지만, 이 친화력과 올곧은 성실함 때문에 거래처에서도 평판이 매우 좋다. 대규모 거래처를 맡긴 건 확실하게 그의 실력을 파악하고 내린 판단이다. 실수하더라도 책임은 내가 진다. 그게 관리직의 역할이니까.

"과장님, 두부튀김에 겨자를 너무 많이 찍으신 거 아닌가요?"

"어, 그래? 술을 먹으니까 맛 같은 건 이제 잘 몰라."

"아하하. 아, 과장님 잔 비었네요. 뭐 드시겠어요?"

"딱히 신경 쓸 필요 없어. 내가 주문할 거니까. 그런 부분은 꼼꼼하네. 실례합니다~, 레몬 사와 하나요!"

나는 손을 들고 점원분을 불렀다. 수요일 밤인데도 가게 안이 떠들썩하다.

"과장님, 오늘은 소주 안 드시나요? 항상 계장님하고 이곳 고구마 소주가 최고라고 하셨잖아요."

"시끄러워! 내가 뭘 먹든 딱히 상관없잖아!"

일부러 레몬 사와를 먹는 거라고! 눈치 좀 채라고, 정말! 아, 이 애 상대로 귀여움을 신경 쓰는 건 헛수고일지도 모르겠다.

이마에 손을 대고 한숨을 쉬자 시모노 군이 멍하니 이쪽을 바라보았다. 입을 벌리고 있다. 어린애냐!

"뭐, 뭐야? 내 얼굴에 뭐 묻었어?"

"아뇨, 예쁘다 싶어서요."

"뭐, 뭐, 뭐, 뭐어?! 갑자기 무슨 소릴 하는 거야! 바보야?! 그렇게 지금부터 나를 꼬셔서, 취하게 만들고, 밤의 호텔 거리로 포장해가서, 한번 하겠다는 꿍꿍이야?! 내 매그넘이 불을 뿜을 거다, 그렇게 하드보일드 행세를 하는 거야?! 아, 그래서 방금 소주를 권한 거구나. 정답, 알았어요, 네, 카미조 과장, 정답입니다, 감사합니다! 아쉽게 됐네, 네 패배야! 왜냐하면 카미조 과장이 정답을 맞춰버렸으니까! 너는 그렇게 항상 여자 얼굴만 보면 칭찬하는 거지? 이 바람둥이!"

그의 갑작스러운 말에 내 얼굴이 새빨갛게 물들었다. 애초에 알코올이 들어오면 얼굴에 금방 드러나는 타입이라 들키진 않을 것이다. 아니, 이 남자는 대체 뭐야? 프레리도그그처럼 귀엽게 생긴 주제에 사실 꽤 노는 타입인가? 그렇게 쉽사리 예쁘다고 하다니, 어? 그런 걸로 내가 쉽사리 함락될 것 같아? 좋아해!

"착각하신 거예요, 과장님. 얼굴이 아니라 손톱 말이에요, 손톱! 네일하셨나 보네요."

"손톱이라니!!"

얼굴이 아니었냐! 나를 얼마나 창피하게 만들 셈이야. 자폭도 정도가 있지. 엄청나게 부끄럽잖아! 아니, 손톱 같은 부분까지 봐줘서 오히려 기쁘네! 좋아해!

"아, 물론 얼굴도 예쁘시고요."

"죽여버릴거야, 당신."

좋아해!

"히익, 죄송합니다. 너무 까불었네요."

그렇다, 나, 카미조 토우카는 부하인 시모노 나나야, 그를 좋아한다. 짝사랑이라는 거다.

하지만 상사가 부하를 좋아한다고 다가서는 건 용기가 꽤 필요한 일이다. 요즘은 사랑의 고백조차 성희롱이나 갑질에 해당되는 모양이다. 응, 사실은 그냥 차이는 게 무서울 뿐이야, 맞아.

그리고 아무래도 그는 잊지 못하는 여자가 있는 것 같다. 망년회 같은 자리에서 몇 번 직접 들은 이야기니까 틀림없다. 고등학교 때 선배라고 한다.

훗, 슬프지만 나도 일단은 그의 고등학교 선배인데. 시모노 군이 입사했을 때, 나는 금방 눈치챘는데 그가 그런 이야기를 전혀 꺼내지 않은 걸 보니 아마 나 같은 건 기억하지 못하는 것 같다. 이래 봬도 학생회장이었는데. 뭐, 접점도 없었으니 아무리 학생회장이라 해도 기억에 남아있지 않을지도 모르겠다. 분하다.

그런 분한 마음 때문에 나는 무심코 일하다가 그에게 엄하게 대해버린다. 맞다, 공사를 혼동하는 것이다. 어쩔 수 없잖아! 솔직해질 수가 없다고! 츤데레라는 거잖아? 귀엽잖아? 나도 알아, 귀엽지 않다는 걸.

그러니까 이렇게 몹쓸 상사도 잘 따라주고, 술을 먹으러 가자고 말해준 시모노 군에게 나는 역시 어떻게 해볼 수도 없이 반해버린 것이다.

◆

이런, 취했다. 역시 3차까지 오니 힘들다. 그래도 힘내야 해.

아직 멀었어. 시모노 군하고 단둘이 있을 기회는 그리 많지 않으니까.

더 먹자~.

그렇게 마음을 먹고 있는데, 시모노 군이 집에 가려고 한다. 내일도 일한다고? 알 바냐! 나를 얕보지 마, 카미조 토우카 과장님이라고. 세 시간만 자면 완벽한 모습을 보여줄 수 있어.

비틀거리며 걷는 내 어깨를 시모노 군이 꽈악, 힘차게 끌어안았다. 이런, 부끄럽다. 팔도 꽤 듬직하구나. 옷을 입으면 말라보이는 타입인가? 술기운으로 칭찬해 볼까. 으~, 창피해서 그런 말은 할 수가 없다.

벌써 밤이 깊어진 건지 쌀쌀해져서 조금 추웠기에 어깨를 끌어안아 주는 게 따스하다. 그의 정장에서 이자카야의 잔향이 느껴진다. 왠지 안심이 되어버린다.

그건 그렇고 시모노 군은 사람을 잘 돌봐주네. 혹시.

"시모노는 항상 이렇게 여자를 홀리는 거야~?"

내가 볼을 부풀리자 자기는 인기가 없다는 변명이 날아들었다. 사무원인 타카노 씨나 스즈키 씨에게 인기 좋잖아. 이 아이는 둔감한 걸까 아니면 자기 평가가 낮고 겸손한 걸까. 그러더니 그는 바로 화제를 돌려서 내가 인기 많다는 말을 했다.

"관심 없어."

나는 다른 남자에게 흥미가 없다. 지금까지 계속, 시모노 군 말고는.

"관심 없어!"

진짜, 여자에게 이런 말을 하게 만들지 말라고, 진짜, 진짜.

"당신은 어떤데."

"네?"

"당신은 연애 같은 거에 관심 있는지 묻잖아."

물어봤다! 물어봤다고~. 반격이다. 자, 대답해라! 시모노!

뭐? 일에만 집중해? 그런 건 필요 없어! 확실하게 대답해!

"그야 고등학교 때는 동경하던 사람이 있기도 했는데요……."

말도 안 돼. 또 그 이야기야! 열받아, 열받아! 나는 기억하지도 못했던 주제에, 그 애 이야기만 하고! 분해……, 분하다고……. 어째서 나는 고등학교 때 시모노 군에게 좀 더 어필하지 못했던 걸까. 그냥 멀리서 보기만 했을 뿐. 아무리 애를 써도 솔직해질 수가 없다. 내 성격이 밉다.

아, 왠지 속이 안 좋아지는 것 같다.

안 되겠어…….

"괜찮으세요? 과장님?"

◆

몇 분이 지났을까. 시모노 군 덕분에 속이 안 좋던 것도 많이 괜찮아졌다. 그 앞에서 토하지 않아서 다행이다.

그런데 여기는 어딜까. 신사? 이 근처에 신사 같은 건 없었을 텐데.

신사라……, 참배하고 갈까. 기도만 하는 거면 공짜겠지.

응, 하자! 하자, 하자!

"참배할래애~!"

나는 폴짝폴짝 뛰면서 신사 건물로 향했다.

"과장님, 너무 들떠서 움직이면 또 속이 안 좋아질 거라고요."

정말 한없이 착한 아이구나. 너무 착하면 사회에서 해나갈 수가 없다고. 그런 구석이 좋긴 하지만.

자, 기도하자.

새전을 넣고 두 번 절한 다음 박수 두 번. 예쁜 밤하늘 아래. 왠지 로맨틱하다. 이래 봬도 나는 의외로 소녀다.

옆에 서 있는 그는 무슨 소원을 빌었을까. 역시 출세 같은 거?

동경하는 사람하고 다시 한번 만나고 싶다는 소원을 빌었다면 질투 때문에 머리가 이상해질 것 같으니 더 이상 생각하지 말자.

내 소원은 한 가지.

이렇게 솔직하지 못한 성격을 바꾸고 싶다.

하는 김에 덤을 좀 주실 수 있다면, 신이시여.

부디 고등학교 시절로 되돌려주실 수는 없을까요.

그러면 성격 쪽은 제가 어떻게든 해보겠습니다.

이번에야말로 시모노 군에게 마구 어필하겠습니다.

역시 현실에서는 쌀쌀맞은 여자애가 아니라 호감을 보이는 여자애가 이기는 법이다.

스물여덟 살이 되어서야 겨우 그 사실을 알게 되었습니다.

그러니까, 신이시여, 제가 한 번만 다시 시작할 기회를 주세요.

막 이래……

역시 취기가 돈 모양이다.

◆

다음 날. 해가 조금 기울기 시작한 16시 정도. 나는 집에 갈 준비를 하고 있었다.

퇴근 시간이 되지도 않았는데 집에 갈 준비를 하는 데는 이유가 있다. 나는 지금 회사가 아니라 학교에 있기 때문이다. 하교 시간이 되었기에 집에 간다. 자연스럽다.

아침에 있었던 일. 깨어나 보니 11년 전으로 타임 리프해 있었다.

모든 상황 증거로부터 내린 판단이니 틀림없을 것이다.

놀라긴 했지만, 솔직히 받아들이기 힘들지는 않았다. 나는 비현실적인 현상, 예를 들어 심령 현상이나, 미확인 생물이나, 운명이나, 그런 걸 믿는 편이기 때문이다. 왜냐하면 그러는 쪽이 더 로맨틱하잖아.

그래서 물론 타임 리프도 믿는다. 어젯밤의 기억이 희미하게 남아있다. 분명히 신사에 있었다. 낯선 신사. 그곳이 분명히 수상쩍다. 나는 신사에서 고등학교 시절로 돌아가고 싶다고 소원을 빌었다. 아마 그 소원이 이루어졌을 것이다. 그 신기한 신사는 소원을 이루어주는 신사가 틀림없다. 분명히 그럴 것이다. 이렇게 로맨틱할 수가. 신이시여, 감사합니다. 러브, 사랑해요.

신께서 모처럼 로맨틱한 선물을 주셨으니 나는 미리 선언한 대로 이번에야말로 열심히 노력할 것이다. 시모노 군에게 마구 어필할 것이다.

그렇게 생각한 나는 종례 HR이 끝나자마자 재빠르게 책상 안에 넣어두었던 교과서 같은 것들을 가방 안에 넣고 자리에서 일어서려 했다. 아래층에는 열여섯 살인 시모노 군이 있겠지. 그가 하교해버리기 전에 1학년 교실로 가서 같이 집에 가자고 할 생각이다.

우선 접점을 만들지 않으면 아무것도 할 수가 없다.

"야~, 토우카~! 이 녀석이 너한테 볼일이 있는 것 같은데~!"

갑자기 같은 반 남자애가 나를 불렀다. 까불거리는 남자애다. 누구였지? 11년 전이라 이름이 기억나지 않는다. 고등학교 시절에는 학생회나 시험공부 같은 것 때문에 바빴고, 시모노 군 말고 다른 사람에게는 별로 흥미가 없었으니까.

남자애의 목소리가 들린 쪽을 보니 교실 입구 근처, 아까 부른 사람과 또 다른 같은 반 친구인 갸루같은 여자애 사이에(이쪽은 이름을 기억하고 있다. 아마 사나다 양이었을 것이다) 귀여운 남자애 한 명이 어깨를 움츠린 채 서 있었다. 넥타이 색이 우리처럼 붉은색이 아니라 푸른색인 걸 보니 1학년인가? 왠지 낯이 익은데……

어라, 설마.

나는 굳었다.

시모노 군이다. 틀림없다, 고등학생 시모노 나나야 군. 귀여워.

엄청나게 귀여워! 이런, 나한테 쇼타콘 기질이 있었나? 아니, 진정해, 나도 지금은 고등학교 2학년이야. 어제까지하고 마찬가지로 나랑 시모노 군은 한 살 차이밖에 안 나.

나는 흥분한 걸 주위 사람들에게 들키지 않게끔 일부러 동작을 천천히 하고 마음을 다스리며 자리에서 일어났다.

그리고 가방을 끌어안은 채 한 걸음씩, 그에게 다가갔다.

엄청나게 보고 있다. 진정해라, 진정해라, 토우카. 괜찮아, 이건 오히려 기회라고. 내가 다가갈 수고가 줄어든 것이다. 일부러 그가 먼저 다가와 주다니…….

어라, 그런데 왜 시모노 군은 내게 볼일이 있다면서 이 교실에 온 거지? 나하고 시모노 군은 고등학교 때 접점이 없었을 텐데. 아니, 엄밀하게 따지자면 **딱 한 번** 접점이 있긴 했지만, 그건 아직 한참 남았다. 이런 이벤트는 역사상 일어난 적이 없다. 타임 리프로 인한 영향인가?

역시 초조해진다. 이제 시모노 군과의 거리는 얼마 남지 않았다. 에잇, 될대로 되라! 바로 말을 거는 거야, 토우카! 어디까지나 냉정하게, 표정을 무너뜨리지 않고. 자연스럽게 말을 거는 거야!

"저저저저저저저, 저기, 전 1학년 시모노 나나야라고, 합니다! 카미조 선배, 저하고, 친구가 되어주세요!"

시간이 멈췄다.

발이 멈춘 게 아니다. '시간'이 멈춘 것이다.

이미 내 뇌에 빈 용량은 없었다.

완전히 새하얘진 머리가 휴면 상태로 넘어갔다.

하지만 억지로 뇌를 마우스로 헤집듯이 마구 굴리며 휴면 상태에서 회복시켰다.

이제 됐다. 이것저것 생각할 여유는 없다. 뭐가 어떻게 되더라도 접점을 만든다. 이걸 최우선적으로 생각하며 행동에 나서자. 거래처에서 산다는 신호를 보낸다면 접근할 뿐이다.

아니, 큰 결심을 하고 있는데 옆에 두 사람이 시끄럽다. 집중할 수가 없다. 방해하지 마.

"잠깐, 시끄러워."

내가 조용히 말하자.

"네! 죄송합니다!"

왠지 모르겠지만 시모노 군이 그렇게 대답했다. 아니야.

"너 말고, 옆에 두 사람. 별것 아닌 걸로 떠들지 말아줄래?"

귀여운 고등학생 시모노 군을 괴롭히지 말라고.

나는 크게 뛰는 가슴을 억누르며 그렇게 말했다.

"시모노 나나야 군. 그럼 친구가 된 기념으로 같이 집에 갈까."

좋았어, 말했다~!! 해냈어! 토우카!! 잘했다!!

교실 전체가 떠들썩해졌지만, 그런 건 아무래도 상관없다.

가자! 지금부터 카미조 토우카의 처음부터 다시 도전하는 호감 대작전, 시작이야!!

◆

꽈앙━━━, 꽈앙━━━.

타임 리프한 다음 이틀째 정오.

꽈앙━━━, 꽈앙━━━.

겨우 이틀만에 모든 것이 끝났다.

꽈앙━━━, 꽈앙━━━.

아니, 끝난 것뿐만이 아니라 마이너스다. 타임 리프해서 돌아오지 않는 게 차라리 나았을 정도다.

꽈앙━━━.

"스톱! 머리가 깨져버린다고요! 인간의 두개골로는 자판기를 파괴할 수 없어요!"

자판기에 부딪히고 있던 머리를 막기 위해 시모노 군이 내 몸을 붙잡았다.

설마.

설마.

설마, 시모노 군도 타임 리프했을 줄이야!

그런 게 어디 있어?! 만약에 이게 픽션이라면 각본가를 호출해서 마구 욕을 퍼붓고 싶어. 둘 다 타임 리프하면 다시 시작할 수가 없잖아. 의미가 없잖아!

아니, 그런 건 사소한 문제다. 그런 것보다 시모노 군까지 타임 리프했다는 걸 눈치채지 못했던 내가 어제부터 했던 말과 행동. 호감을 드러내며 어필하던 나를 부하인 그가 전부 봐버렸다.

할복. 할복하게 해줘!

창피해애애애애애애애애애애애애! 장난치지 마! 그 신사의 신이 있다면 나와! 무슨 짓을 한 거야! 실수냐? 실수한 거냐?! 실수한 거면 상사 나오라고 해! 책임을 지는 게 상사의 역할이라고! 신의 상사는 누구지? 아마테라스? 제우스? 뭐든 상관없어! 나오라고~. 내 청춘을 돌려달라고~. 으으으으.

"저기, 어제부터 보여주신 과장님의 캐릭터는 뭐였던 건가요?"

자판기 옆에 있는 벤치에 앉아 잠깐 숨을 돌리고 나자 시모노 군이 물었다.

이 남자……. 그걸 물어보는 거냐고!

애초에 시모노 군이 먼저 다가왔잖아.

맞아, 이 아이도 타임 리프했다면 어째서 내게 온 거지?

"저는 사실 과장님이 같은 고등학교에 다녔다는 걸 알고 있었는데, 과장님은 저 같은 건 기억하지도 못했으니까요. 모처럼 고등학교 시절로 돌아왔으니 이번에는 확실하게 기억해주셨으면 해서."

옆에 앉아있던 시모노 군은 평소처럼 곤란해하는 표정으로 내 질문에 대답했다.

그랬어? 나를 기억하고 있었구나. 그야 학생회장이었으니까. 역시 기억하고 있었구나. 뭐야, 그랬구나. 호, 호오. 그래서 고등학생으로 돌아왔으니 내가 기억해줬으면 했구나. 호오.

아직 할 수 있어!

이거, 아직 할 수 있는 거 아니야?! 기회가 있는 거 아니야?!

적어도 시모노 군은 나를 그렇게까지 싫어하는 게 아니다. 솔직히 기분 나쁜 상사라고 생각하는 게 아닐지 평소에 불안하긴 했지만, 오히려 호감을 품고 있을지도 모르겠는데?!

그렇다면 자연스럽게, 어제부터의 내가 그냥 스토커처럼 기분 나쁜 여자라고 생각하지 않게끔 이유를 적당히 대면 아직 궤도 수정이 가능할 것이다. 이럴 때 곧바로 그럴싸한 변명을 하는 건 내 특기거든.

"그렇군요……, 그래서 그렇게 잘해주셨던 거네요."

"마, 맞아! 응, 맞아! 당연하지, 평상시의 시모노 군에게 내가 그렇게 호감을 보일 것 같아?"

"아뇨, 그것만큼은 있을 수 없는 일이죠."

"맞지! 맞지! 그러니까 지금까지 있었던 일은 잊어버려. 알겠지?"

역시 나야. 겨우 둘러댔네.

"에휴~, 상냥한 과장님은 정말 귀여웠는데……."

어? 그래?! 이러쿵저러쿵해도 어필한 효과가 있었네! 어, 엄청 기뻐!

그렇다면 이야기가 달라지지. 일단 집에 가서 작전을 차분히 다시 짜보자.

맞아, 이제 와서 어필하는 걸 그만둔다 하더라도 다시 똑같은 11년 뒤를 맞이할 뿐이니까.

그가 말한 동경하는 선배라는 녀석이 나타나기 전에 반드시 함락시킬 거니까.

카미조 토우카, 아직 호감 표시 포기하지 않을 거예요!

'꼬르륵~.'

응, 그러기 전에 먹다가 나온 우동을 먹으러 돌아가자.

금강산도 식후경이라고 했으니까.

# 카미조 토우카의
# 모닝 루틴

## 사회인 시절 평일편

| | |
|---|---|
| AM 05:30 | 기상 & 양치질 |
| AM 05:35 | 부엌에서 채소와 과일을 믹서기로 갈아서 한 잔 마신다 |
| AM 05:40 | 거실에 매트를 깔고 스트레칭 |
| AM 06:40 | 가볍게 샤워 & 몸무게 체크(어플로 관리) |
| AM 06:10 | 타월로 몸을 두른 채 세안 & 스킨케어 후 머리 말리기 |
| AM 06:25 | 아침 식사 & 어플로 뉴스 체크 |
| AM 06:50 | 10분간 독서(비즈니스 서적, 소설 등) |
| AM 07:00 | 메이크업 & 헤어스타일링 |
| AM 07:40 | 시모노의 트위터 체크(거의 갱신 없음) |
| AM 07:43 | 시모노의 인스타 체크(거의 갱신 없음) |
| AM 07:45 | 전날 시모노와 주고받은 라인을 다시 읽어본다(업무용 라인) |
| AM 07:46 | 싱글싱글거린다 |
| AM 07:47 | 라인 답장을 잘못 보낸 부분을 노트에 적어둔다 |
| AM 07:50 | 적어둔 부분의 개선할 점을 정리한다 |
| AM 07:55 | 다시 라인을 읽어보며 싱글거린다 |
| AM 08:00 | 출근 |

제3장 ┃ 서로 짝사랑하는 사람들은
재시작을 처음부터 다시 한다

Why is
my strict
boss
melted
by
me ?

"설마 나뿐만이 아니라 과장님도 타임 리프했었다니……."

고등학교 시설로 타임 리프한 나, 시모노 나나야. 상사인 카미조 토우카도 마찬가지로 고등학교 시절로 타임 리프했다는 사실이 드러난 어제. 너무나도 놀라운 일이라 뇌가 따라잡지 못한 나는 아침을 맞이할 때까지 거의 잠을 이루지 못했다.

눈 아래쪽에 다크서클이 생긴 채 교문을 지났다. 하필이면 이런 날 날씨가 좋았고, 짜증 날 정도로 햇살이 눈부시다.

"앗."

입구에서 나와 마찬가지로 다크서클이 생긴 여자애와 딱 마주쳤다.

"좋은 아침입니다, 과장님."

한순간 침묵이 있은 다음.

"좋은 아침이야~, 나나야 군! 이놈, 다크서클이 생겼잖아. 밤새면 안 되지."

"어, 그 캐릭터를 계속 유지하실 건가요?"

"시끄러워! 캐릭터 아니야! 회사가 아니니까 상관없잖아! 나는 풋풋한 여고생이라고!"

주위의 시선을 신경쓰며 작은 목소리로 화를 내는 과장님. 풋풋한 여고생은 맞고, 엄청나게 귀엽긴 한데, 알맹이가 과장님이니까.

"아니, 과장님도 눈 아래쪽에 다크서클 생겼는데요."

"그러니까 학교에서 과장님이라고 부르지 말라고!"

"어~, 그럼 뭐라고 부르면 되는데요? 지금부터 카미조 선배라고 부르는 건 창피한데요."

"토, 토우카라고 부르면 되잖아."

"어제부터 생각했던 건데요, 과장님, 고등학생으로 돌아온 뒤로부터 바보가 된 거 아닌가요? 제 이야기 듣고 계셨어요?"

"뭐야! 안 되겠다는 거야?!"

"안 되죠!"

"으으……, 그 정도는 딱히 상관없잖아, 이 둔감 바보……!"

"뭘 그렇게 웅얼거리고 계신 건데요?"

"시끄러워! 그럼 업무 명령이야! 시모노 사원, 나를 토우카라고 부르도록 해!"

"으윽……, 자기가 과장님이라고 부르지 말라고 해놓고 설마타임 리프한 뒤로도 사회의 압력을 써먹을 줄이야! 하지만 여, 여기는 회사가 아니니까 거부하겠어요!"

좋았어, 갑질하는 상사에게 안 된다고 딱 잘라 말했다. 나도 언제까지나 예스맨은 아니라고.

"……알았어. 추욱."

추욱이라고 말해버렸다. 소리내서 추욱이라고 말해버렸어. 귀엽네.

"역시 과장님도 어제 못 주무셨나요?"

"그야……, 설마 부하하고 함께 타임 리프를 하게 될 줄은 몰랐으니까."

"그렇죠~."

"돌아온 시간도 같은 걸 보니 역시 원인은 그 신사 같아."

"신사?"

"어?! 당신, 기억 안 나?!"

"그게, 그날 기억이 애매해서……. 아니, 잠깐만……, 아~, 생각났어요! 맞아! 신사! 과장님이 토할 것 같다고 해서 들렀죠!"

"그건 말하지 마! 결과적으로는 토하지 않았잖아!"

맞아, 맞아. 그 신사야. 기억났다. 그곳에서 내가 과장님과의 만남을 처음부터 다시 시작하고 싶다고 소원을 빌었었지.

"저기, 시모노 군, 왜 아무 말도 안 해? 나, 안 토했지? 응? 안 토했지?!"

과장님과의 만남이 언제냐 하면 고등학교 시절. 그렇구나, 납득이 된다. 아무래도 신이 꼼꼼하게 내 소원을 이루어준 모양이다. 그런데 과장님도 함께 오면 의미가 없잖아, 신이시여.

"토했어?! 기억을 못 할 뿐이고 내가 당신 앞에서 토한 거야?! 응? 거짓말이지?! 거짓말이라고 해! 안 그러면 나는 지금부터 당신 머리를 어떤 둔기 같은 걸로 때려서 기억을 날조해야만 하니까!"

"아, 죄송합니다, 생각을 좀 하다가 이야기를 못 들었네요. 뭔가 살벌한 단어가 은근슬쩍 들렸던 것 같은데, 제가 착각한 건가요?"

"정말! 당신은 멀티태스킹을 잘 못하니까 다른 사람하고 이야기할 때는 한 가지 화제에 집중하라고 항상 말했잖아!"

"네, 죄송합니다, 과장님!"

"과장님이라고 부르지 마!"

"아니, 과장님이 회사에서 하던 이야기를 하시니까~. 그렇게 따질 거면 좀 고등학생처럼 대해주시라고요."

"아까는 '그 캐릭터를 계속 유지하실 건가요?'라고 해놓고⋯⋯. 알았어. 그럼 고등학생다운 말을 해줄게."

"과장님⋯⋯?"

왠지 갑자기 눈빛이 진지해졌는데.

아침 예비종이 울린 것과 동시에 카미조 토우카가 내게 말했다.


"시모노 군, 나와 함께해줘."


정말로 고등학생다운 말이 튀어나왔다.


◆


응, 알고 있었지. 이 정도는 예상 범위야.

방과 후, 나는 과장님과 **함께** 역 앞에 있는 세련된 카페에 와 있었다.

이런 틀에 박힌 착각 같은 전개, 연애 멘탈리스트 Yuito의 애청자인 나는 금방 눈치챘다고. 맞아, 맞아. 그런 의미로 함께해

달라는 게 아니란 말이지. 교제가 아니라 동행하자는 거지. 응, 맞아, 맞아. 나도 알아, 나도 알아.

과장님은 아침에 그렇게 말한 다음 '아, 종이 울려버렸네. 일단 방과 후에 봐'라는 말만 남기고 학교 건물 안으로 사라졌다. 그 뒷모습을 보며 멍하게 있던 내 심장이 방과 후까지 계속 마구 뛰지는 않았다. 전혀 그렇지 않았다고!

"방과 후에 둘이서 차를 마시는 건 고등학생답지?"

"과장님, 한 가지 말씀드릴 게 있는데, 요즘 고등학생은 차를 마신다는 단어는 안 써요. 게다가 블렌드 커피가 한 잔에 1000엔이나 하는 카페라니, 사회인만 오는 곳이라고요! 가게 선택이 이미 고등학생이 아니야! 우리 너무 들뜬 거 아닌가요!"

클래식 음악이 흐르고, 고급스러운 느낌이 드는 가게 안에는 정장을 입은 어른들밖에 없다. 마음이 편한 분위기에 커피의 좋은 향기가 풍긴다.

"어~, 여기 커피 맛있는데~."

"좀 더 젊은이들의 유행 같은 걸 조사해보세요! 고등학생은 인스타에 올릴 만한 캐주얼한 카페에 출몰한다고요!"

"자자, 괜찮잖아. 에헤헤, 둘이서 마주 보고 커피를 마시고 있으니 데이트하는 것 같네. 그 커피는 누나가 사줄게."

"어, 과장님, 진짜로 그 캐릭터 언제까지 유지하실 건데요. 이제 저를 놀리셔도 동요하지 않을 거라고요. 외모는 고등학생이지만 알맹이가 과장님이라는 건 알고 있으니까. 아, 커피는 잘 먹겠습니다."

흥, 이제 안 속을 거라고. 이 사람은 분명히 내가 어제부터 보여주었던 반응이 예상보다 더 재미있었으니까 오늘도 계속 그렇게 놀리려 하는 게 틀림없다. 정말, 얼마나 어린애로 보는 건지.

그건 그렇고, 이렇게 농담을 할 정도로 남자로 보지 않는 것 같으니 이 고등학교 생활 동안 과장님을 함락시키는 건 불가능할 것 같았다.

"캐릭터 아니야! 원래 나는 이런 여고생이라고! 당신, 좀 열받아!"

"죄송합니다! 너무 까불었네요!"

어~? 되려 성질이야?! 역시 이 사람은 무서워. 일 말고는 언제 화를 낼지 모르니까 정말 성가시다고.

"정말…. 커피 더 마실래? 진짜로 사줄게."

"감사하긴 한데요, 과장님. 고등학생이라는 거 또 잊어버리신 거 아닌가요? 돈이 그렇게 많지 않잖아요?"

"괜찮아. 나는 다섯 살 많은 오빠가 있는데, 대학생 주제에 창업해서 돈을 벌거든. 그래서 용돈을 꽤 많이 받아. 다른 사람에게 받은 돈을 쓰는 건 내 주의에 맞지 않지만, 오빠는 별개지. 가족이 번 돈이라면 경제를 위해서 아낌없이 쓸 거야. 물론 고등학교 시절에 받은 돈은 사회인이 되고 나서 확실하게 갚았고. 뭐, 지금 나로 따지자면 갚을 예정이 되겠지."

오빠가 있다는 이야기는 처음 들었는데, 오빠까지 슈퍼 비즈니스맨인가.

"대학생인데 창업하다니, 대단하네요."

"그렇지만도 않아. 장사의 소질은 있을지도 모르겠지만, 껄렁대니까."

"저는 대학교 때 거의 놀기만 했는데."

"그렇구나. 놀았다는 건 여자 친구가 있었다는 뜻이야? 딱히 상관없지만."

"설마요, 그럴 리가 없잖아요. 저거든요? 남자하고 게임하거나, 애니를 보거나, 뭐, 다른 사람이 본다면 오타쿠 같은 느낌이었겠죠."

"그렇구나! 뭐, 딱히 상관없지만 말이야! 나는 오타쿠가 딱히 싫진 않던데~. 한 가지에 특화된 전문 지식은 훌륭한 무기가 될 수 있어. 뭐, 딱히 상관없지만 말이야! 아, 언니, 한 잔 더 주세요!"

과장님이 그렇게 말하자 본격적인 메이드복을 입은 웨이트리스 누님이 다가왔다. 누님은 과장님의 컵에 우아하게 커피를 따라주고는 방긋 웃으며 나를 보았다.

"아, 그럼 저도."

나도 모르게 미소에 낚여서 주문해 버렸다. 뭐, 과장님도 사양하지 말라고 했으니 괜찮겠지. 연상 누님이 저런 미소를 보여주면 거절할 수가 없다.

"정말 여기 커피는 맛있어."

"항상 먹던 캔커피와는 전혀 다르긴 하네요."

"시모노 군은 항상 캔커피만 마시잖아. 모처럼 커피 기계도 들여놨는데."

"캔커피를 마시는 게 일을 하고 있다는 기분이 들어서요."

"후후후, 그게 무슨 소리야."

과장님이 웃었다. 신기한 모습을 볼 수 있었다.

과장님의 자연스러운 미소가 너무나도 예뻐서 나는 살며시 컵을 내려다보며 그대로 커피를 마셨다. 쓰다.

이대로 가면 진짜로 데이트 같아서 동정인 나는 쑥스러워 견딜 수가 없을 것 같았기에 본론을 꺼내기로 했다.

"없었네요, 신사."

"그러게. 이 시대에는 아직 지어지지 않았던 걸까. 아니면 애초에 그런 건물 자체가 존재하지 않았던 걸까."

"오~, 단숨에 호러 같은 느낌이 되었는데요."

"바보 같은 소리 하지 마."

여기로 오기 전.

나와 과장님은 기억을 더듬으며 신사가 있던 곳에 들렀다.

전철을 타고 회사가 있는 역에서 내린 뒤 도보로 15분 정도. 큼직한 언덕길을 올라간 곳에 있는 조용한 주택가다. 거리를 내려다볼 수 있을 정도로 높은 곳에 있다. 근처에 사는 주민들 말고는 올 일도 없을 것이다.

실제로 가보니 기억이 꽤 선명하게 되살아났고, 그래서 그 신사가 '없다'는 것을 확신할 수 있었다. 위치는 확실했다.

신사가 있던 공간에는 대나무숲이 펼쳐져 있었다. 주위에 주택이 없는 걸 보니 누군가의 사유지도 아닌 것 같았다. 오컬트를 좋아하는 사람에게는 정말 참을 수 없는 상황이겠지만, 아무리 그래도 교복을 입은 채(특히 치마를 입은 과장님도 있기 때문에) 대나무 숲으로 들어가긴 힘들겠다고 판단한 우리는 언덕을 내려와 거리로 돌아왔다. 이 시대에는 신사가 없다는 정보를 얻었으니 문제가 없다.

"앞으로 11년 사이에 지어질 것치고는 낡은 곳이었죠."

"그 신사 자체가 초상 현상 같은 곳이었겠지. 두 사람을 동시에 과거로 대충대충 보내는 신사니까 언제 다시 모습을 드러낼지도 모르고."

"하긴, 애니 같은 거에서 자주 본 타임 리프라고 생각하면 주인공이 저인지 과장님인지 모르겠으니까요~."

"진짜 그렇다니까! 스토리가 이어지질 않는다고!"

"갑자기 목소리가 커지시네! 왜 그러세요, 과장님. 진정하세요."

"아, 미안, 미안. 아니, 저기, 나 타임 리프 좋아하거든. 그러니까 말이지. 너무 대충대충이다 싶어서."

"네, 네에."

뭐, 나도 동감이야. 타임 리프를 할 거면 나 혼자 보내도 된다고, 신이시여! 사실은 내가 큰 소리로 외치고 싶어!

"신사가 존재하지 않는 이상, 원래 시대로 돌아갈 수단이나 단서도 없지."

"딱히 상관없지 않나요? 그냥 어려졌다고 생각하면 되니까."

"정말 쉽사리 받아들이는구나. 돌아가고 싶지 않아?"

"네, 뭐, 어느 쪽이든 상관없다 싶어서요."

아니, 돌아가서 일하고 싶진 않으니까.

"과장님은 돌아가고 싶으신가요?"

"그야……, 회사 상황도 신경 쓰이니까……."

대단하네. 나하고 정반대다. 나 자신이 부끄러워진다.

"역시 관리직. 책임감이 다르시네요. 존경합니다."

"그, 그래도, 뭐? 나도 딱히 이대로도 괜찮겠는데~, 그런 생각도? 들기도 하거든. 이러쿵저러쿵해도 이렇게 고등학생답게 차를 마실 수도 있고……?"

왠지 과장님이 갑자기 나를 힐끔거리면서 얼굴을 붉히고 있는데. 설마…….

"혹시 과장님도 사실 일이 귀찮다고 생각하셨던 건가요! 뭐야~, 그랬으면 진작 말씀하시지! 왠지 친근감 드네~."

"뭐?"

무서워! 어, 눈이 식칼 모양으로 변했는데, 제가 또 뭔가 저질렀나요? 아마 대답을 잘못한 거긴 하겠지만, 뭘 잘못한 건지 모르겠다. 일단 사과하자.

"죄송합니다."

"당신, 일단 사과하면 될 거라 생각하는 거 아니야?"

"역시 과장님, 저에 대해서는 뭐든 알고 계시네요. 과장님뿐이라고요, 이런 저를 잘 알아주는 사람."

"어, 그래? 뭐, 뭐, 그 정도는 알지. 당연하잖아, 몇 년을 함께 지냈는데. 당연히 알지. 정말, 사과할 때는 마음을 제대로 담아서 해야 하는 거야. 아, 시모노 군, 케이크 먹을래? 나는 먹을 건데 같이 주문할까?"

과장님은 무섭지만 순순히 인정하면 용서해준단 말이지. 잔소리를 계속 질질 끌지 않는다. 유능한 관리직이다. 이런 사람은 거의 없다고.

"그러고 보니 과장님께 물어보고 싶었던 게 있는데요."

"뭔데, 뭔데? 생일? 아니면 취미 같은 거? 음, 취미는 말이지, 요즘은 헬스장에 다니는 데 빠졌단 말이지~. 그리고 핫 요가. 그거 엄청 좋거든! 그냥 요가하는 것보다 땀을 몇 배는 더 흘려!"

취미가 여자 사회인이야! 이런 여고생이 어디 있어!

웨이트리스 누님에게 치즈 케이크를 두 개 주문한 다음, 과장님이 즐겁게 말했다.

"아니에요. 타임 리프 얘기예요."

"쳇."

혀를 찼어!

"저기, 제 예상이긴 한데, 우리가 타임 리프를 해서 변화가 생긴 것 같거든요. 아니, 근본적인 건 아무것도 바뀌지 않았지만, 미묘한 차이가 생겼다고 해야 하나."

"나비 효과 말이구나."

역시 나비 효과인가? 아무래도 내 예상이 맞았던 것 같다. 과장님도 그렇게 말하니 틀림없다.

"우리가 과거로 돌아온 것, 그리고 지금부터 하게 될 행동에 따라서 미래가 바뀌게 되는 거죠."

"그래. 잘 아네."

"도○에몽을 좋아하거든요."

"도ㅇ에몽도 진구가 역사를 자주 바꿔버리잖아. 그거하고 마찬가지야."

"특히 구름 왕국이 무서웠죠. 그리고 보니 저번에 봤던 타임리프물 애니에서는 역사의 강제력이라는 게 나와서 중요한 부분은 아무리 애를 써도 바꿀 수 없다는 설정이 있었는데, 우리 같은 경우에는 어떨까요."

"그렇지. 이것저것 검증해보면 어느 정도 알아낼 수 있을지도 모르겠지만, 딱히 미래가 어떻게 될지 모른다는 건 원래 시대에서도 마찬가지였잖아? 우리는 지금을 살아갈 뿐이야."

"그렇긴 하죠. 방금 왠지 멋지셨는데요, 과장님."

"아니, 행동에 따라 역사가 바뀌지 않으면 나는 곤란하거든."

"네? 어째서요?"

"아무것도 아니야. 시모노 군하고는 상관없잖아."

과장님이 무뚝뚝하게 말했다.

"과장님이 학생회장이 된다는 역사도 벌써 바뀌었고요. 아깝게도."

"끈질기네. 왜 그렇게 학생회장을 시키려 드는 거야."

"그 반대예요. 원래 역사에서는 학생회장이셨으니까 왜냐고 물어볼 사람은 저라고요."

"그건 어제 이미 대답했잖아."

"다른 청춘을 누리고 싶다고요?"

"마, 맞아. 불만 있어?"

불만이라고 해야 하나, 이유가 딱 감이 오질 않는단 말이지.

납득이 안 되니까 이것저것 캐물으려고 입을 여는데, 귀에 익은 목소리가 들렸다.

"어라, 나나야잖아."

우리가 앉아있던 자리 앞에 치즈 케이크 접시 두 개를 든 메이드복 차림의 거유 소녀가 서 있었다. 가슴이 주머니 모양인 건 처음 봤다. 크다. 배구공 같다.

"아니, 나오?! 여긴 왜?!"

"왜냐니, 알바하는데. 난 여기 점원이야. 나나야에게도 말했는데."

"어, 아, 그랬나?"

11년 전 기억을 더듬어 보았다. 당시에도 카페에서 아르바이트를 했었던 것 같다. 그래도 어떤 가게에서 했는지까지는 기억이 안 난다고.

"뭐야, 나나야. 어느새 성장한 귀여운 소꿉친구의 가슴을 보고 서버렸어~? 자자, 거유 메이드복 차림은 꽤 보기 힘들지~? 흥분되나~? 서비스로 오늘 밤 반찬으로 써도 좋아~."

나오는 싱글거리며 재주도 좋게 양쪽 팔꿈치로 가슴을 조여서 커다란 가슴 계곡을 만들어냈다. 저게 가슴 주머니의 파괴력인가. 그만둬. 나는 아저씨라고! 여고생이 그런 짓을 하면 진짜로 서버리잖아!

나오는 내 마음도 모르고 심술궂은 미소를 지으며 나를 바라보았다. 새삼 보니 귀엽네. 당시에는 거리가 너무 가까워서 여자로서 귀엽다고 생각한 적은 없었는데, 나이가 들어서 새삼 보니 꽤 귀엽게 생겼다는 걸 깨달았다. 이렇게 귀여운 소꿉친구가 있었다니, 나도 꽤 리얼충이었네.

"……시모노 군~."

헉! 옆에서 무시무시한 오라가 느껴진다.

"과장님, 이건 아니에요!"

"과장님?"

나오가 이상하다는 듯이 내 얼굴을 들여다보았다.

"됐으니까, 나오는 일단 가지고 온 접시를 내려놔."

"아, 네네, 왜 그래? 나나야, 그렇게 초조해하기는."

나오가 그제야 가슴에서 팔꿈치를 떼어낸 다음 치즈 케이크를 테이블 위에 올려놓았다.

당연히 초조해지지. 과장님은 이런 성희롱 같은 것에 제일 엄하다고. 그 바람둥이 불륜 계장님조차 과장님 앞에서는 음담패설을 자중할 정도인데.

그런 과장님 앞에서 여고생의 가슴을 보고 흥분했다고 착각당하면 시말서로 끝날 문제가 아니다. 외딴 섬으로 귀양감이다.

역시 소꿉친구라 그런가, 나오는 내가 뭔가 겁먹었다는 걸 금방 눈치챘는지 그 근원 쪽을 돌아보았다. 그리고 기운 넘치는 목소리로 말했다.

"아, 카미조 토우카 선배시네! 안녕하세요!"

"어, 나오, 아는 사이야?"

"아니!"

"모르는 사이였냐!"

"그래도 유명하잖아."

뭐, 그렇긴 하지.

"으음!"

과장님이 헛기침을 했다. 자기를 무시하지 말라는 의사표시일 것이다.

"너는 1학년 7반 나카츠가와 나오 양이지. 안녕."

방긋 웃는 과장님. 어떻게 나오 이름을 알고 있는 건지 궁금했는데, 아, 그렇구나, 금방 눈치챘다.

"토우카 선배, 저를 알고 계셨군요! 그러고 보니 선배는 역시 올해 학생회 선거에 입후보하실 건가요? 토우카 선배가 학생회장을 노리고 있다고 교내에 소문이 자자하던데요."

"안 할 거야."

"네에~?! 그래요?! 저는 분명히 선거에 나갈 거라고 생각하고 라이벌이 되겠네~라면서 경계하고 있었는데~!"

"너는 나갈 생각이구나. 열심히 하렴."

"네, 나갈 거예요! 감사합니다!"

그렇다, 왠지 모르겠지만 나오는 이번 해에 학생회장에 입후보한다. 그리고 원래는 과장님과 선거 배틀을 벌여서 참패하고 끝나는 흐름이다. 그래서 과장님도 나오를 기억하고 있었을 것이다.

그런데 당시부터 궁금했던 건데, 나오는 왜 학생회장이 되고 싶어했던 걸까. 모처럼 이야기가 나왔으니 물어볼까.

"나오는 왜 학생회장이 되고 싶은 거야?"

"학교 식당을 무료로 만들고 싶으니까!"

"얄팍해! 학생회장에게 그런 권한은 없어! 그리고 그런 생각을 하는 녀석이 당선될 리도 없고!"

"나는 가슴이 크니까 남자들이 표를 주겠지."

"그럴 리가……, 있을 수도!"

뭐야, 이 녀석, 왠지 거유가 된 뒤로 가슴으로 엄청 밀어붙이네. 가슴의 매력을 자각하고 있는 거유라니, 최강이잖아.

"나나야, 응원회장 해줘."

"어, 왜 내가. 싫어, 귀찮아."

"해줘, 해줘! 부탁이야! 나도 다른 사람 찾는 거 귀찮아!"

"그런 건 교섭할 때 하면 안 되는 말이야!"

"부탁이야, 부탁이야! 있지……, 평소처럼 가슴을 마음대로 해도 되니까……."

"요염한 목소리 내지 마!"

내가 일어서서 나오에게 태클을 걸자 옆에서 얼음 여왕으로 착각할 정도로 싸늘한 목소리가 끼어들었다.

"평소처럼……?"

"아~, 아~, 농담이에요! 과장님! 이 녀석이 농담한 거예요!"

나오가 뭔가 눈치챈 듯이 눈을 반짝였다. 그리고 갑자기 나를 끌어안는다 싶더니 집게손가락을 내 가슴에 대고 유두 근처를 스스슥, 돌려댔다. 내 가슴팍은 운동장이 아니라고, 멍청아! 빙빙 돌리지 마! 이렇게 야한 메이드가 어디 있어!

"나나……야……, 응원회장 해줘……, 나를 저번처럼 거칠게

97

엉망진창으로 만들어버려도 되니까…….”

“저번……? 엉망진창……?”

과장님의 얼굴이 점점 새빨갛게 물들기 시작했다.

“아~, 아~, 알았어! 할 테니까! 그런 농담하지 마! 진짜 큰일 난다고!”

“앗싸~! 고마워! 나나야!”

젠장! 완전히 놀아났어! 고등학생 주제에 건방지기는! 이 애늙 은이!

“시모노 군…….”

과장님이 의자에서 일어서서 비틀비틀 이쪽으로 다가온다. 큰 일이다.

“아니에요! 농담이에요! 농담! 자, 나오도 변명해! 방금 한 말 이 농담이라고!”

물론 나오는 아랑곳하지도 않았다. 이 여자가, 진짜로 그 거 유를 마구 주물러줄까 보다.

그러던 와중에도 과장님이 한 발짝씩 다가왔다. 표정은 꿈쩍 도 하지 않았다. 악귀다. 악귀가 온다!

“할래…….”

할래?! 살인? 진심이야? 그렇게까지?!

“나도 할래!”

“네? 뭘요?”

“응원회, 나도 할래!”

그렇게 말하며 내 팔에 달라붙어서 몸을 밀착시키는 과장님.

가슴이 닿고 있다.

오른쪽에 나오, 왼쪽에 과장님, 그렇게 가슴 사이에 낀 나.

"어? 과장님도 나오의 응원회를 하시겠다는 건가요?"

"맞아!"

그 말을 듣고 나오가 폴짝 뛰며 기뻐했다.

"와아~! 토우카 선배가 아군이 되어주면 완전 든든할 거야~!"

그렇긴 하지.

"과장님의 프레젠테이션 실력이 있다면 나오를 학생회장으로 당선시키는 것 정도는 아무것도 아니겠죠."

"그러니까 과장님이라고 부르지 말라고!"

"내 학교 식당 무료 작전이 현실로 다가오고 있어! 고마워, 과장님~!"

"잠깐, 너까지! 따라 할 필요는 없어!"

못난 부하 두 명과 함께 나카츠가와 응원회가 아닌 나카츠가와 응원과가 지금 발족했다.

참고로 가게 안에서 떠들어서 그런지 그 이후로 나오가 점장님에게 엄청 혼난 모양이었다. 그렇게 분위기가 있는 카페에서 나오는 평소에 서빙을 제대로 하고 있는 걸까.

나는 조금 걱정이 되었다.

◆

그로부터 며칠이 지난 방과 후.

선거 준비 기간도 본격적으로 시작되어 각 후보자들이 조금씩 움직이기 시작하고 있었다.

우리도 예외가 아니었기에 학교 건물 입구 앞에서 어필용 전단지를 나누어주는 중이었다.

저녁 바람이 조금 쌀쌀하다. 낮에는 더워서 얇게 입었기에 지금은 조금 춥지만, 그게 오히려 신경을 날카롭게 해주고 의욕을 북돋워 주었다.

응원회장을 맡았으니 책무를 제대로 수행할 생각이다.

나오는 그래 봬도 성실한 아이다. 대학교를 졸업하고 배낭여행으로 세계 각지를 돌아다닌 것도 진심으로 세계 평화를 위해 자신이 뭔가 할 수 있는 게 없을지 생각해서 행동에 나선 거라는 이야기를 같은 반 애를 통해 들은 적이 있다.

그러니 학교 식당을 무료로 만들고 싶다고 바보 같은 소릴 하고 있긴 하지만, 나오가 학생회장이 되고 싶어 하는 건 나오 나름대로 생각이 확실하게 있기 때문일 것이다.

뭐, 정작 나오는 지금 화장실에 가서 여기에는 없고, 또 한 명의 응원회원인 과장님도 어느새 사라졌기에 왠지 모르겠지만 나 혼자서 전단지를 나누어주고 있는 쓸쓸한 상태다. 나오는 어쩔 수 없지만, 과장님은 어디 간 거지? 왠지 혼자 있으니 더 춥게 느껴지는 건 마음의 온도와 비례하기 때문인 걸까.

"나~나야 군."

갑자기 뜨거운 금속이 찰싹, 달라붙었다.

"으엇! 뜨거워! 아니, 과장님, 뭐 하시는 거예요!"

"어라, 드라마 같은 거에서 이렇게 하는 걸 봤는데, 실패했나."

캔커피를 두 개 든 교복 차림 과장님이 서 있었다.

"페트병으로 하는 거라고요! 캔으로 그러는 사람이 어디 있어요! 그러면 그냥 고문이라고요! 아니, 드라마를 흉내 내다니, 과장님도 의외로 소녀 같네요."

"누, 누가 소녀야! 정말……, 시모노 군은 블랙이었지? 자, 좀 쉬자."

"감사합니다. 그래요, 꽤 많이 나눠주었으니까 쉴까요."

나는 받아든 캔커피를 따서 마셨다. 응, 역시 일하다가 마시는 커피는 맛있다.

"이렇게 보니 고등학생은 정말 어리게 보이는구나. 당시에는 학년이 높으면 어른으로만 보였는데."

"과장님은 고등학생으로 돌아와도 어른으로 보여요."

"음? 늙었다는 거야?"

과장님이 내 가슴을 투닥투닥 때리기 시작했다. 귀엽다.

"왜 그렇게 되는 건데요. 어른스럽고 예쁘다는 뜻인데."

"바바바바바, 바보 아니야? 그렇게 뻔한 빈말만 하니까 시간이 아무리 지나도 주임이 못 되는 거야."

"아! 상사가 그런 말을 한다고요?! 방금 그건 갑질이라고요!"

"시끄러워! 동기인 나미키 군은 예전에 주임이 되었고, 나카가와 계장님은 입사 2년 차에 이미 성적이 톱이었다던데."

"나카가와 계장님 같은 괴물하고 비교하셔도 곤란한데요!"

아니, 그 계장님을 추월해서 출세한 과장님은 더 괴물이지만. 경력으로 따지면 이 사람이 몇 년이나 더 후배인데.

"뭐, 나카가와 계장님은 옷차림도 단정하고, 싹싹하고, 일을 잘하는 사람은 여자도 잘 다루나 봐. 엄청 인기 많거든, 그 사람. 누구하고는 다르게."

"호오, 그런가요? 과장님도 그런 사람이 좋으신가 보네요."

"어⋯⋯."

"괜찮지 않나요? 계장님 훈남이잖아요. 저하고는 다르게."

"아니, 저기⋯⋯, 화났어?"

"딱히 화난 건 아니에요. 사실이니까."

"아니야⋯⋯, 그게 아니야. 나는 그런 사람을 좋아하는 게 아니야. 툭하면 음담패설이나 하고, 부인도 있으면서 회사 여자애들에게 손대려 하고. 전혀 좋아하지 않아. 정말이거든?"

과장님이 내 블레이저 소매를 살짝 잡고 곤란해하는 표정을 지었다. 이런, 무언가에 눈을 떠버릴 것 같다. 딱딱하던 과장님이 껄렁대는 사람을 싫어한다는 건 알고 있는데도 무심코 질투해서 너무 심술궂게 대해버렸다.

"저, 저도 알아요! 죄송합니다, 너무 건방지게 굴었네요!"

"미안해, 이제 화 안 났어?"

이봐, 이봐, 울상을 짓고 있는데. 회사에서는 이런 과장님을 본 적도 없다고. 회사 밖에서는 진짜로 소녀인 건가?

"네, 화 안 났어요. 제가 과장님에게 화를 낼 리가 없잖아요. 부하거든요? 말도 안 되죠. 그건 그렇고 나오가 좀 늦네요."

"그러게, 나오는 그래 봬도 성실할 것 같으니까 땡땡이를 치고 있지는 않을 것 같은데."

나오는 과장님이 커피를 사러 가기 전에 자리를 비웠다. 화장실이라면 건물 안으로 들어가면 바로 있으니까 슬슬 돌아와도 될 무렵인데.

"잠깐 찾아보고 올게요."

"나, 나도 같이 갈래!"

과장님이 잡고 있던 블레이저 소매를 잡아당겼다. 여자가 해줬으면 하는 것 베스트 3에 드는 거! 젠장, 역시 귀엽다니까, 과장님. 하지만 일부러 과장님을 움직일 수는 없다. 안 그래도 커피를 사다 주셨는데.

"괜찮아요, 과장님. 잡일은 부하가 해야죠."

"지금은 당신이 응원회장이니까 내가 더 말단이야."

"아니, 둘밖에 없는데 말단이고 뭐고가 어딨어요!"

"그래. 둘밖에 없으니까 상사도 없고 부하도 없어."

음~, 역시 말싸움으로는 과장님을 이길 수가 없다.

"뭐, 과장님이 괜찮다면요. 그럼 갈까요."

나와 과장님은 실내화로 갈아신고 학교 건물 안으로 들어갔다.

그러자 복도 안쪽에서 떠들썩한 목소리가 들리기 시작했다.

뭔가 다투고 있는 모양이다.

과장님도 그걸 눈치챈 모양이었고, 둘이서 목소리가 들린 쪽으로 향했다.

"진짜~, 전단지 돌려야 한다고~. 다음에! 응? 다음에 가자!"

"전단지 같은 건 안 돌려도 되잖아. 어차피 네가 당선될 리도 없으니까. 그냥 노래방이나 가자고, 나카츠가와~."

1학년 7반, 우리 반. 그 교실 앞 복도에서 나오가 벽에 등을 기댄 채 눈살을 찌푸리며 쓴웃음을 짓고 있었다. 나오를 놓치지 않겠다는 듯이 남자 한 명이 벽에 손을 대고 있다. 벽치기다. 이 시대에 벽치기가 벌써 유행했던가? 교실에서는 구경꾼 네다섯 명이 고개를 내밀고 있었다.

"나도 당선될지도 모르잖아, 아하하……. 자, 그러기 위해서 열심히 하고 있는 거니까, 응? 다음에 가자, 타츠키."

미소를 지으며 부드럽게 거절하고 있긴 하지만, 분명히 곤란해하고 있다. 평소에도 밝은 나오니까 싹싹한 성격 때문에 이런 녀석도 배려해주고 있는 모양이다.

타츠키라 불린 남자는 1학년 6반 학생이다. 유명한 녀석이라 기억하고 있다. 부모님이 시의회 의원이라 고등학교 3년 동안 마음대로 굴고 다녔던 불쾌한 녀석이다. 오니키치와는 다른 의미로 껄렁남. 물론 오니키치는 좋은 껄렁남이고, 이 녀석은 기분 나쁜 껄렁남이다. 그러고 보니 11년 전에도 나오에게 계속 추근댔고, 타츠키가 한 번 고백했다가 차였다는 소문도 퍼졌었다.

"그렇게 학생회장을 하고 싶어? 그럼 내가 표를 조작해줄게. 뭐, 선거 관리위원이니까 조작 정도는 간단히 할 수 있어. 들킨다 해도 교사들은 내게 대들지 못하니까 걱정 안 해도 돼. 응? 그러니까 전단 같은 걸 돌릴 필요도 없잖아. 가자고, 나카츠가와. 나는 네 몸매가 되게 취향이거든."

"저 꼬맹이……."

그렇게 말하며 이빨로 소리를 낸 사람은 과장님이었다. 분노를 표정에 드러내며 당장에라도 뛰어가려던 참이었는데, 그 전에 다른 목소리가 안쪽에서 울렸다.

"뭐야, 왜 싸우는 건데."

담임인 젊은 남자 교사였다.

"딱히 아무것도 아니에요, 하야시 선생님. 제가 나카츠가와에게 노래방에 가자고 억지로 꼬셨다가 거절당했을 뿐이죠. 미안해, 나카츠가와, 좀 끈질겼지."

"6반 타츠키냐. 뭐, 너무 소란피우지 말도록. 나카츠가와도 마찬가지다. 너는 평소에도 시끄러우니까."

"에헤헤~, 죄송합니다~, 선생님~."

웃어 보이는 나오. 나오가 뭔가 잘못한 게 있다면 가르쳐주시지. 마음에 들진 않지만 큰 문제가 되기 전에 해결된 것 같으니 그런 의미에서는 담임이 와서 다행일지도 모르겠다.

그렇게 생각하고 있는데 타츠키가 떠나가면서 주머니에 찔러넣고 있던 왼팔의 팔꿈치를 일부러 나오의 가슴에 부딪혔다.

"꺄악."

그러자 나오가 엉덩방아를 찧었다.

의기양양한 표정을 지으며 아무 일도 없었다는 듯이 걸어가는 타츠키.

담임인 하야시는……, 벽을 보며 머리를 긁적이고 있었다. 방금 그걸 못 봤다고 변명하기는 무리가 있겠는데.

나는 답답해진 가슴을 억누르면서 우선 엉덩방아를 찧은 나오에게 손을 내밀었다.

"괜찮아, 나오?"

"아하하~, 실수해버렸네~."

나오는 여전히 밝게 행동했다.

타츠키와 하야시. 둘 다 구역질이 나지만 상대할 필요는 없다. 저렇게 기분 나쁜 녀석은 사회에 나가면 잔뜩 있다. 어린애 같은 녀석들은 내버려 두는 게 제일이다.

"거기 남자애, 기다려."

그럴 수 없는 사람이 한 명 있었다.

"어엉?"

여길 떠날 생각에 가득 차 있었던 모양인 타츠키가 이쪽을 돌아보고 과장님을 보았다.

"나오에게 사과해."

"넌 뭐야?"

과장님의 눈이 번뜩이고 있었다. 완전히 화가 났을 때의 눈빛이다.

나는 이런 눈빛을 드러낸 과장님을 예전에 두 번 본 적이 있다.

첫 번째는 횡포를 부리는 거래처가 우리 회사 사원에게 말도 안 되는 트집을 잡았을 때.

두 번째는 본사의 부장이 우리 지점에 왔다가 신입 여사원 엉덩이를 만졌을 때다.

과장님은 타츠키를 노려보았고, 그때와 마찬가지로 팔짱을 낀 채 당당하게 섰다. 교복이 정장으로 보였다.

"사과하라고 했어."

"아까 사과했잖아."

과장님을 본 담임 교사인 하야시가 천천히 다가와서 타츠키에게는 들리지 않을 정도로 조용히 말했다.

"2학년 카미조구나. 이봐, 일을 너무 크게 만들지 마라. 이제 됐잖아."

눈으로 호소하는 하야시. 너도 저 녀석 부모가 누군지 알지? 그렇게 말하고 있다.

하지만 과장님은 그런 하야시에게도 날카로운 눈빛을 드러냈다. 이거 큰일이네. 나도 과장님에게 귓속말로 말했다.

"과장님, 진정하세요. 원만하게 해결하시죠. 저런 거하고 싸워봤자 좋을 게 없어요."

열받는 심정은 이해가 된다. 하지만 진짜로 저런 거하고 싸워봤자 좋을 게 없다. 보복당할 우려도 있다. 나는 그 사실을 알고 있다.

"맞아, 과장님~. 나는 괜찮으니까! 응?"

"괜찮지 않아!"

"으앗!"

과장님의 압력에 놀란 나오가 내 팔을 꼬옥 잡았다. 이해가 된다. 무섭지. 나도 엄청 무서워.

"나쁜 짓을 하면 말이지, 사과하는 게 도리야. 누구든 상관이 없어. 거래처든, 부장이든, 높은 사람의 아들이든. 어린애라면 더더욱 확실하게 혼내야만 해. ———그게 어른의 책임이잖아."

지극히 맞는 말이었다. 그래서 나는 더 이상 아무런 말도 할 수가 없었다.

"자, 거기 남자애. 제대로 사과해."

"그러니까 아까 사과했다고 했잖아. 안 그래? 나카츠가와."

"그런 건 사과한 게 아니야! 마음이 담겨있지 않은 사과 같은 건 의미가 없어! 나는 네게 반성하라고 하는 거야!"

"칫……, 귀찮네."

"귀찮더라도 나는 물러서지 않을 거야."

"……미안해. 이제 됐지?"

과장님의 엄청난 압력에 밀렸는지, 타츠키는 나오의 눈을 제대로 보고 사과를 한 다음 재빨리 그곳을 떠나갔다.

과장님은 여전히 납득하지 못한 것 같았지만, 그 불만이 겉으로 드러나기 전에 나오가 그녀에게 달려들었다.

"과장님~, 멋있었어~! 고마워~."

나오의 거대한 가슴이 과장님의 가슴과 겹쳐져서 소리를 연주했다. 출렁.

"잠깐, 나오, 뭐야."

"과장님~, 좋아해~!"

가슴 타워를 여기에 설립하도록 하겠습니다. 출렁.

좀 전에 보여주던 굳은 표정과는 정반대로 쑥스러워하는 과장님에게 담임인 하야시가 다가와서 무뚝뚝하게 말했다.

"어린애가 너무 나대지 마라, 카미조. 어른도 이런저런 사정이 있다고."

하야시는 머리를 긁으며 한숨을 쉬었다.

"선생님."

나는 과장님 앞으로 나서서 하야시를 노려보고 있었다. 나조차 놀랄 정도로 무의식적인 행동이었다.

"뭐야, 시모노. 너도 이해를 못 하냐?"

하야시가 내 눈을 째려보며 말했다.

"아, 아뇨……. 번거롭게 해드려 죄송합니다."

하야시는 더 이상 아무런 말도 하지 않고 교무실로 돌아갔다. 크흑~, 약간 무서운 거래처가 생각났네. 압력에 밀려서 사과하는 건 월급쟁이가 지닌 최대의 무기지.

"시모노 군, 저 선생님은 아마 3년 차였지?"

"음, 제가 1학년 때였으면……, 맞아요. 3년 차 정도였을 거예요."

"어른도 이것저것 있긴 무슨. 나보다 연하잖아, 애송이."

콧소리를 낸 과장님은 매우 관록이 있어 보였고, 나오가 말한 대로 멋지긴 했다.

◆

18시가 지나자 나머지 전단지를 다 나누어준 우리는 집으로 돌아가고 있었다.

역 앞 상점가를 셋이서 걸어가던 도중에 나오가 카페 앞에서 멈춰 섰다.

"그럼, 나는 지금부터 아르바이트라서!"

"지금부터 아르바이트하면 너무 늦게 집에 가는 거 아니야? 괜찮니? 여고생 혼자서 밤길을 가는 건 위험한데."

"아하하, 과장님은 언니 같아! 자기도 여고생이면서~. 괜찮아, 끝나면 엄마가 데리러 와주니까."

"그래, 그럼 안심이네. 열심히 하렴."

"응! 과장님, 오늘 고마워! 나나야도 또 보자! 단둘이라고 해서 과장님을 덮치면 안 된다~."

"덮치겠냐!"

하얀 이빨을 보이며 크게 웃은 나오는 곧바로 손을 흔들며 가게 안으로 들어갔다.

"안 덮칠 거야?"

"안 덮쳐요!"

"정말, 나나야 군은 귀엽다니까. 그럼 누나하고 단둘이서 집에 갈까."

과장님은 장난기 어린 미소를 보이며 다시 내게 밀착했다. 진짜로 어떻게 반응을 보여야 정답인 건지 알 수가 없다.

나를 나나야 군이라고 부를 때는 과장님의 장난이 시작된 거라고 생각했는데.

혹시 이거, 과장님 나름의 어필일 수도 있는 건가?

어라, 그럼 나도 이 분위기를 살려서 알콩달콩해 버려야 하는 거야?

아니, 성급하게 굴지 마라.

그렇게 내가 호의를 보이는 순간, '어…… 그럴 생각이 아니었

는데', '안 돼, 안 돼, 남동생 같은 느낌으로만 보이니까. 남자로
는 안 보이니까'라고 차갑게 말한다고. 여자들은 아무렇지도 않
게 그런 짓을 한단 말이야. 속지 않을 거야. 연애 멘탈리스트
Yuito가 가능성이 있다고 판정을 내려주지 않는 한, 나는 속지
않아!

"과장님, 가까워요. 술 드신 건 아니죠?"

"……동정."

"뭐?! 방금 뭐라고 하셨어요?! 왜 갑자기 디스하시는 건데요?!
동정하고 무슨 상관이 있다고?!"

"시끄러워, 시끄러워, 시끄러워! 동정!"

"아~, 이거 고용노동청에 신고감이네. 고용노동청에 갈 거라
고요! 상사에게 갑질을 당했다고 말할 거예요! 동정이라고 하면
서 바보 취급 당했다고 할 거예요!"

"근로감독관은 그렇게 한가하지 않아!"

"애초에 저는 고등학생이니까 동정이어도 평범한 거 아닌가요?
오히려 건전하잖아요! 청소년!"

"요즘은 중학생이든 고등학생이든 팍팍 해댄다던데! 아쉽게
됐네!"

"어……, 진짜로요?"

"응……, 인터넷 뉴스에서 봤어."

"기분 나쁜 세상이 되어버렸네요……."

"그러게……."

"하지만 지금은 11년 전이니까 요즘이 아니잖아요."

"그렇긴 하지, 시모노 군 재치 있는데."

"감삼다."

왠지 모르겠지만 우리는 둘이서 축 처진 채 상점가를 벗어났다.

"그러고 보니 나오는 고등학생일 때부터 아르바이트를 하고, 기특하네."

"아~, 장래를 위해서 자금을 모으고 있을 거예요, 아마도. 나오는 대학교를 졸업해서 세계 각지를 돌아다니고 있으니까요."

"오~, 대단하네. 그 나이에 착실하게 계획을 세웠다는 거구나. 나는 흉내낼 수가 없겠어. 존경스러워."

"무슨 말씀을 하시는 거예요. 과장님도 충분히 대단하시다고요. 스물여덟 살에 과장을 다는 사람은 그리 많지 않거든요."

"훗……, 그래봤자 어차피 월급쟁이야. 고용된 신세로 출세해봤자지. 스스로 무언가 만들어내는 것도 아니고."

"그렇지 않아요!"

"시모노 군……?"

어이쿠, 나도 모르게 큰 목소리로 말해버렸다. 그래도 이렇게 바보 같은 과장님을 가끔은 부하로서 혼내야지.

"과장님은 대단해요! 아무튼 대단하고, 멋지고, 좋은 사람이고!"

"고, 고마워."

어휘력! 내 워드 센스가 너무 부족해서 깜짝 놀랐네! 뭐, 그래도 계속 말한다.

"자신을 업신여기다니, 과장님답지 않아요! 과장님은 과장님이라서 좋은 거라고요! 부하로서 자랑스러워요! 모두가 동경하는 사람이에요!"

"모두가……, 말이지. 후후……, 시모노 군에게 혼나버렸네."

"아, 화내고 싶은 게 한 가지 더 있어요."

"또 있어? 오늘 상사에게 화를 내는 건 말도 안 된다고 하지 않았나?"

"그거하고 이건 별개죠."

"음~."

그래. 이 말을 해야만 한다.

해가 꽤 많이 지기 시작했다. 나는 계속 걸어가며 과장님의 얼굴을 보고 말했다.

"뭐, 화를 낸다고 해야 하나, 조심해주셨으면 하는 건데요, 복도에서 있었던 일요."

"타츠키 군 말이야? 그건 잘못한 거라는 생각이 안 드는데."

"물론 과장님의 행동을 부정할 생각은 없어요. 멋있었어요. 그런데 과장님, 그 녀석 기억 안 나시나요?"

"시의회 의원 아들이지? 유명했으니까 어렴풋하게 기억하고는 있어."

"그게 아니라 선거 당일 말이에요. 과장님, 연설한 다음에 선거 관리위원 남자애가 무대에서 밀쳤죠?"

"그건 물론 기억하고 있지."

11년 전 학생회 선거. 투표하기 전에 전교생 앞에서 하게 되는 연설. 과장님은 무대 위에서 명연설을 했다. 지금도 그 멋진 모습이 선명하게 떠오를 정도로 멋진 연설이었다. 그리고 그걸 마치고 무대 가운데에서 돌아가던 도중에 마찬가지로 무대 위에 있던 선거 관리위원 남자애가 무슨 생각을 한 건지 과장님을 밀친 것이다. 과장님은 곧바로 무대 아래로 떨어졌다. 체육관 무대라 그리 높진 않았지만, 아무런 대비도 하지 못하고 갑자기 떨어지면 크게 다칠 수밖에 없다.

우연히 무대 앞에서 웅크리고 앉아있던 나는 재빨리 과장님 밑에 깔렸다. 그래서 결과적으로 크게 다친 건 나였지만, 그건 딱히 상관없다.

그렇게 밀친 선거 관리위원 남자애.

"그게 타츠키였다고요."

"어라? 그랬나?"

"네. 나중에 들은 이야기인데요, 선거 준비 업무를 불성실하게 하던 타츠키에게 과장님이 주의를 준 적이 있어서 앙심을 품었던 모양이에요."

나는 그 사실을 알고 교무실로 따지러 갔다. 그런 건 이상하다고. 자칫하다간 상해 사건이 될 수도 있다고. 하지만 교사들의 반응은 싸늘했다. 그건 타츠키가 균형을 잃어서 일으켜버린 뜻밖의 사고이고, 고의가 아니랬다. 열여섯 살인 나도 알 수 있을 정도로 바보 같은 변명에 몇 번이나 항의하고 호소했지만, 결국 타츠키가 벌을 받지는 않았다. 그 이후로 나는 그런 녀석들과는 엮이는 것 자체가 소용이 없다는 걸 깨달았다.

"주의……, 거기까지는 모르겠지만, 선거는 다들 열심히 준비했으니까 불성실한 학생이 있었다면 당시의 내가 주의를 줬겠지."

"당시가 아니라 지금도 그렇잖아요. 다시 말해 세상에는 타츠키처럼 자기가 잘못해놓고 앙심을 품는 녀석도 있다는 거죠. 이번에는 과장님이 입후보하지 않으셨으니까 괜찮을 거라고 안심했는데, 오늘 그 일 때문에 이상한 앙심을 품었을지도 몰라요."

"아……. 그렇구나, 그렇긴 하겠네. 하지만 나는 그 사실을 알고 있었다 하더라도 똑같이 행동했을 거야. 나오에게 상처를 입힌 건 용서할 수 없으니까."

내가 열변을 토한 의미가 없잖아……! 이 사람은 진짜. 그게 과장님의 멋진 구석이긴 하지만.

"아무튼, 과장님은 가끔 정신없이 돌진하는 구석이 있으니까 주의해 주세요!"

"네, 네, 알겠어요. 그런데 걱정해줬구나……. 기쁘네."

과장님의 눈이 약간 떨리고 있다. 부끄러워하는 건가? 귀엽잖아, 젠장.

"상사를 걱정하는 건 부하로서 당연한 일이죠."

그리고 츤데레 같은 나. 귀엽나? 젠장.

"만약에……."

"네?"

"만약에, 만에 하나 위험에 처했을 때는 그때처럼 또 구해줄 거야?"

"어, 그때처럼이라니, 과장님?"

"아무것도 아니야! 아, 벌써 집 근처네! 그, 그럼 다음에 보자~! 시모노 군!"

과장님은 그렇게 말하고 내 얼굴도 보지 않은 채 재빨리 뛰어가 버렸다.

과장님 집은 아직 멀었을 텐데.

아니, 방금 그거.

혹시 아래에 깔린 남자애가 나였다는 걸 알고 있었나?

응? 그럼 애초에 나하고 같은 고등학교를 다녔다는 걸 기억하고 있었다는 뜻인가?

응? 응?

모르겠다. 모르겠어! 소녀와 거리를 좁히는 방법을 모르겠어!

도와줘요, 연애 멘탈리스트 Yuito 선생님!

◆

어느 날 정오.

점심시간은 매우 행복한 시간이다.

이건 학생 생활이든, 사회인 생활이든 마찬가지다.

오전에는 점심시간을 위해 노력할 수 있고, 오후에는 점심시간 덕분에 노력할 수 있다.

결국 내가 무슨 말을 하고 싶은 거냐면, 학교 식당 우동이 맛있다는 거다.

여기가 카가와현*인가 착각할 정도로 맛있다.

후루룩, 위로 들어간다.

*우동으로 유명한 일본의 현.

자, 오늘도 우동을 먹으러 학교 식당으로 가자.

"헤이, 헤이~, 나나찌, 어디 가~?"

"어, 오니키치, 학교 식당에 우동 먹으러 가는데."

"테이크아웃해서 같이 교실에서 먹자, 예아~!"

"어~, 면이 불기도 할 테고, 식당에서 먹고 싶은데~."

"내가 있다면 바로 그곳이 식당……, 아니야?"

"응, 아니야."

"나나찌~."

오니키치가 어린애처럼 내 팔을 붙잡고 늘어져서 좀처럼 식당에 가지 못하고 있는데 칠판 위에 설치되어 있던 스피커에서 교내 방송이 나오기 시작했다.

『전교 학생, 여러분, 안녕하세요. 지금부터, 학생회 선거, 입후보자, 분들께서, 자기소개를, 하시겠습니다.』

방송위원 여자애의 느긋한 목소리. 독특한 호흡이 정겹다.

『오늘은, 1학년 7반, 나카츠가와, 나오 양입니다.』

"오! 나오잖아~. 나나찌, 듣자, 듣자."

"그래, 잠깐 듣고 갈까."

나는 학교 식당으로 가기 위해 일어서 있다가 다시 자리에 앉았다.

『안녕~! 나카츠가와 나오예용~.』

유튜버 같은 분위기로 말하지 마! 시대를 앞서가는 거냐!

『……………………….』

응?

『………………………』

아무 소리도 안 들리는데. 기기에 문제가 생겼나?

『저기……, 나카츠가와 양?』

『왜애~?』

왜는 내가 할 말이지! 방금 뜸을 들인 건 대체 뭐야!

『자기소개는……?』

『했어!』

『방금 그걸로 끝?!』

진짜로! 방송위원 여자애도 말투가 이상해져 버렸잖아!

『그럼, 음……, 규동을 좋아합니다~!』

소개팅 나갔냐!

『소고기 이야기가 나온 김에, 우리 집 우유 가게 하니까 다들 먹어줘~!』

광고까지 시작했네! 선거에 대한 어필을 하라고!

『투표 잘 부탁해~!』

모델이냐고! 뭐, 그래도, 응, 열심히 했네. 그 말을 한 것만으로도 나는 만족해.

『그, 그러면, 점심 방송이었습니다~!』

방송위원 여자애도 처음에 쓰던 말투가 완전히 무너져 버렸네. 가엾게도.

"뭐, 그래도 나오답다고 할 수도 있겠지."

"역시 소꿉친구구나, 나나찌."

"꽤 관대하게 봐주고 있거든? 그 녀석은 요즘에 열심히 노력하고 있으니까 그만큼 서비스해주는 거야."

"하긴, 쉬는 시간에 거의 자기만 하니까. 선거 활동에 아르바이트도 하지? 존경심 맥스야!"

나오는 방과 후뿐만이 아니라 아침 일찍 등교해서 전단지를 나누어주고 학생들에게 어필하고 있다. 밤에는 아르바이트도 하니까 수면 시간도 평소보다 짧을 것이다. 그럼에도 불구하고 평소와 다름없이 수업을 제대로 듣고, 친구들에게는 밝은 모습을 보여주고 있다.

소꿉친구이긴 하지만, 나도 오니키치와 마찬가지로 존경한다.

"그럼 학교 식당으로 가볼까."

"아, 잠깐만, 나나찌!"

나는 오니키치가 말리는 걸 뿌리치고 재빨리 교실을 나섰다.

◆

그날 방과 후.

평소처럼 전단지를 나누어주던 입구.

대사건이 일어났다.

재앙이다. 재앙이 찾아온 것이다.

교문 쪽이 꽤나 시끄럽다 싶었는데 우리가 있는 건물 입구 앞으로 그 근원인 인물이 천천히 다가왔다.

나는 눈을 의심했지. 너무 의심스러워서 시력이 2.0인데도 안경이 어디 있는지 찾아봤어. 물론 발견하진 못했지만.

119

"오빠!"

집에 가던 학생들이 일제히 나를 보았다. 왜냐하면 중학생 정도로 보이는 소녀가 내게 오빠라고 말했기 때문이다. 필연적으로 이 아이는 이 녀석의 여동생이구나, 라고 그들의 머릿속에 입력되었을 것이다. 그리고 나는 눈앞에 있는 소녀가 내 여동생이라고 말하고 싶지 않았다.

"요즘 집에 늦게 온다 싶었는데 다른 여자랑 알콩달콩하고 있었던 거구나. 코후유 님 말고 다른 여자랑."

다른 여자란 함께 전단지를 나누어주고 있던 과장님과 나오일 것이다. 둘 다 깜짝 놀라고 있었다. 그럴 만도 했다.

내 앞에 나타난 코후유는 반 친구로 보이는 체육복을 입은 남자 중학생 위에 올라타 있었다. 그렇게 말처럼 네 발로 엎드려서 다가온 남자애 옆에는 마찬가지로 네 발로 엎드린 체육복 차림 여자 중학생이 목줄로 묶여 있었다. 줄 끄트머리는 물론 코후유가 쥐었다.

"무슨 상황이야?!"

말처럼 코후유를 태우고 있는 남자애도, 목줄에 묶인 여자애도 전혀 싫어하는 표정을 짓고 있지 않았다. 오히려 황홀해하는 표정이다.

"허억, 허억, 코후유 님의 말이 될 수 있어서 행복합니다."

"아앙, 아앙, 코후유, 좀 더 나를 개처럼 다뤄줘!"

"시끄러워! 노예들! 코후유는 지금 오빠랑 이야기하잖아! 닥치고 있어! 쓰레기들!"

""네에에! 감사합니다!""

뭐야, 이 레벨 높은 집단! 진짜로 이런 녀석의 가족이라는 걸 알리고 싶지 않은데!

옆에 서 있던 과장님을 힐끔 보니 마치 미확인 생물과 마주친 듯한 표정으로 굳어 있었다. 그리고 나오는.

"오! 코후유잖아! 오랜만! 나 나오 언니야~, 기억하고 있나~?"

초등학교 때 이후로 처음 다시 만난 코후유를 보고 평소와 똑같은 미소를 보이고 있었다. 멘탈 강철 타입이냐!

"이 가슴 싫어!"

너도! 예전에는 나오 언니, 나오 언니, 그렇게 달라붙었던 주제에, 반항기냐! 그리고 말투가 너무 심해!

"가슴으로 기억하고 있어?! 괜찮아, 코후유, 스스로 만지면 코후유도 커질 테니까! 그리고 기분도 좋으니까 일석이조!"

"너는 좀 닥치고 있어! 아니, 여동생에게 이상한 거 가르치지 마!"

"뭐야~, 나나야~. 서버렸어? 화장실 다녀올래?"

"진짜 좀 닥쳐!"

카오스야! 여동생과 소꿉친구가 너무 위험해서 나 혼자서는 대처할 수가 없어!

"과장님, 도와주세요~!"

"나보고 어쩌라고?!"

적절한 태클이 돌아왔다. 역시 과장님이야. 항상 냉정한 판단을 내리니 존경스럽다.

사고회로에 약간 이상이 생기기 시작한 내게 코후유가 추가 공격을 가했다.

"이제 오빠는 용서 못 해. 발냄새를 맡게 하는 걸로는 코후유의 짜증이 가라앉지 않는다고. 엉덩이 냄새도 맡게 할 거야!"

"그만해애! 그만하라고! 중학생이 이상한 말을 하면 안 돼!"

젠장, 이 녀석 아마 11년 뒤엔 돈을 마구 벌어들일 게 분명하다. 이 S 같은 모습은 진짜다. 주위 사람들의 눈초리도 점점 날카로워지기 시작했다. 아니, 이렇게 된 이상 이제 와서 청중들을 신경 쓸 만한 상황이 아니다.

"오늘만큼은 집에 일찍 올 줄 알았는데……."

어라, 분위기가 바뀌었는데.

갑자기 코후유의 목소리 톤이 내려갔다 싶더니 눈에 눈물이 맺히기 시작했다. 그리고 눈물을 땅바닥에 뚝뚝 흘리기 시작했다.

그렇구나……, 이 녀석은 예전부터 그랬다. 정말 외로움을 많이 타고, 나를 잘 따르며 오빠를 정말 좋아하는 아이. 부모님이 일 때문에 늦게 오기 때문에 우리는 초등학생 때부터 열쇠를 가지고 다녔고, 수업이 일찍 끝난 코후유가 항상 먼저 집에 와서 기다리고 있었다. 내가 집에 오면 항상 기뻐하며 현관까지 나와 줬었지. 어른이 되어서 그런 것도 잊어버리고 있었다.

그리고 오늘은…….

"미안해, 코후유. 그랬지, 오늘은 네 생일이니까."

"으아아아아아앙, 맞아! 오빠 바보바보바보~!"

울음을 터뜨린 여동생의 머리를 내가 부드럽게 쓰다듬어 주

Illustrations copyright © YOM

었다.

그러자 과장님이 조용히 다가와서 말했다.

"그랬구나. 그럼 지금부터 생일 파티를 할까?"

코후유에게 부드러운 미소를 보이는 과장님.

"아니, 당신 누군데. 아, 이 냄새는 최근에 오빠에게 묻어오는 암컷 냄새야! 보아하니 당신이 코후유의 오빠를 빼앗은 암퇘지 구나!"

"아, 암퇘지?!"

인생에서 처음 들었을 단어에 과장님이 충격을 받았는지 눈을 동그랗게 떴다.

"허억허억! 코후유! 아앗!"

옆에서는 목줄에 묶인 여자애가 움찔움찔 떨고 있었다. 암퇘지 라는 단어에 반응을 보이지 말라고. 진짜 그쪽인가? 이 여자애.

"이놈! 코후유! 연상에게 무슨 소릴 하는 거야."

아마 연상에게 그렇게 말하는 것도 어떤 의미로는 정답인 세 계인 거겠지만, 그래도 상대방은 확실하게 골라야 한다. 치욕적 인 말은 돈을 내고서라도 그런 걸 원하는 사람들에게 던져야 한 다. 무차별적으로 난사하면 프로가 아니다. 이 시절의 여동생은 아직 그런 부분을 이해하지 못하고 있는 것 같다. 지금부터 확 실하게 배워서 11년 뒤에는 어엿한 여왕님이 되어야 한다. 무슨 소리야. 되지 마. 인간 애완동물을 기르는 어른 여동생은 보고 싶지 않아.

"그래도 암퇘지치고는 괜찮은 제안이네. 생일 파티하고 싶어."

코를 훌쩍이며 코후유가 말했다. 츤데레야 뭐야.

"그럼 생일 파티할까."

내가 말했다.

"그, 그래! 시모노 군, 맡겨줘. 내가 진행을 맡을게. 우선 요즘 역 앞에 생긴 슈하스쿠 가게를 예약할게. 코스면 되려나? 일단 은 술도 무한 리필로 할까?"

"과장님! 고등학생! 아까 그 암퇘지 발언에 너무 충격을 받아 서 사고가 어른으로 되돌아갔다고요!"

"아, 그랬지, 참. 코후유는 어디서 생일 파티를 하고 싶니?"

"당연히 집이지! 눈치가 없네! 이 똥개녀!"

너는 그 입 좀 다물어라! 중학생이잖아?! 워드 초이스가 너무 하드한 거 아니야?!

과장님은 완전히 굳어버렸다. 울음을 터뜨리려는 걸 필사적으 로 참고 있다. 아니, 약간 울고 있다.

백기를 든 상태인 과장님 대신 나오가 기운차게 말했다. 역시 이럴 때 멘탈 강철 타입은 도움이 된다.

"그럼 모두 함께 시모노네 집으로 렛츠 고~!"

◆

시각은 19시 반. 거실 테이블에는 모두가 용돈을 모아서 산 케 이크와 프라이드치킨이 놓여 있었다.

생일 파티의 주역인 여동생 코후유는 나오와 함께 레이싱 게

임을 하고 있다. 핸들식 컨트롤러를 쥐고 오른쪽, 왼쪽, 몸을 움직이며 뜨겁게 대전을 벌이고 있었다. 자이로 센서가 탑재된 특수 컨트롤러가 이 시대에 이미 나와 있었다는 사실에 나는 약간 놀랐다. 11년 전이라고 하면 진짜 옛날이라고 생각했는데, 내 시간 감각도 믿을 만한 게 못 되는 것 같다.

코후유는 평범한 중학생으로 돌아와 정신없이 카트를 조작하고 있다. 이러쿵저러쿵해도 코후유는 소꿉친구인 나오와 예전부터 친한 사이였다. 여동생이 즐거워하는 모습을 보고 나는 약간 안심했다.

과장님은 혼자 부엌에서 요리를 하고 있다. 냉장고에 있던 식재료로 뭔가 반찬이 될 만한 걸 만들어준다고 했다. 우리 집은 거실 겸 부엌 구조라서 과장님은 조리를 하며 코후유와 나오를 훈훈하게 지켜보고 있었다. 응, 색시 삼고 싶다.

그리고 나는.

거실 창문을 열고 나가면 있는 테라스에서 두 중학생에게 진로상담 수업을 해주고 있었다.

"사카노 군이랑 시라키 양이라고 했지. 알겠어? 둘 다 잘 들어."

"네!" "네!"

"너희가 흥미를 지닌 거나 좋아하는 것을 부정할 생각은 전혀 없어."

"네, 저는 코후유 님을 좋아합니다." "저도 코후유가 좋아요. 사카노 군보다 더 좋아해요."

"응, 그래. 알겠어. 응, 알겠으니까 내 이야기를 좀 들어줄래?"

"시라키 양보다 내가 더 좋아하거든?" "뭐, 사카노 군이 좋아한다면 그런 거 아닐까? 나는 코후유를 사랑하니까."

"응, 그렇게 경쟁할 필요는 없어. 이야기가 엇나가니까. 알겠어? 너희는 아직 중학생이야. 우리 코후유를 좋아해주는 건 매우 기쁘지만, 애정 표현의 방법을 착각해선 안 돼."

"네!" "네!"

오오. 그렇구나, 이 애들도 근본은 순수하구나. 쉽사리 내 말을 받아들여 주고 있다. 이 정도면 궤도를 수정할 수도 있을 것 같다.

"장래를 내다보고 지금부터 올바른 애정표현을 배우는 거야. 만약에 어른이 되었을 때, 그때도 지금처럼, 저기……, 좋아하는 사람에게 괴롭힘당하고 싶다는 생각이 있다면 그것도 상관없어. 단, 그건 어른이 된 뒤에. 어릴 때는 같이 놀거나, 같이 공부하거나, 그렇게 건전한 걸로 좋아한다는 마음을 부딪쳐야 해."

"네!" "네!"

"좋아, 착하네. 코후유는 약간 심술궂은 구석이 있긴 하지만 거기에 맞춰주면 안 돼. 건전한 관계로, 앞으로도 여동생하고 사이좋게 지내줘."

"네!" "네!"

귀여운 아이들이잖아. 이제 안심이다. 중학생에게 SM 플레이는 아직 이르다.

"고마워. 그럼 방으로 돌아가서 밥을 먹을까?"

두 사람을 데리고 거실로 들어온 나는 창문을 닫았다. 나나야의 진로상담도 동시에 막을 내렸다.

"아~, 서서 게임하는 것도 피곤하네~. 사카노 군, 의자. 시라키는 마사지."

"네, 코후유 님!!" "네, 코후유!!"

사카노 군은 코후유 앞으로 뛰어가서 네발로 엎드렸다. 그 등에 코후유가 앉아서 다리를 꼬았다. 그와 동시에 시라키도 뛰어가서 코후유의 하얀 다리에 볼을 비비며 마사지를 하기 시작했다.

"허억허억! 코후유 님, 계속 앉아주세요!" "허억허억! 코후유, 정말 향기가 좋아! 아, 코후유!"

응, 이 녀석들은 안 되겠네.

아니, 아까 이야기를 들을 때도 대답을 너무 순순하게 해서 좀 위험한 거 아닌가 하는 생각이 들긴 했어. 이 녀석들은 뼛속까지 M이야.

나는 포기하고 테이블 위에 놓여 있던 감자튀김을 하나 먹었다.

"시모노 군, 한가하면 도와줄래?"

과장님의 호출이다.

다른 녀석들은 계속 게임에 열중하고 있고, 회사 이외의 호출이라면 기꺼이 가야지.

내가 부엌으로 가자 앞치마 차림인 과장님이 재주도 좋게 채소를 썰고 있었다.

어머니의 앞치마를 빌려줬는데, 이게 꽤 잘 어울린다. 아름답다.

"거기 있는 감자 껍질 좀 까줄래?"

필러를 받은 나는 도마 위에 굴러다니던 감자를 들었다.

"냉장고 안에 있던 걸 멋대로 써버리고 있는데 괜찮을까?"

"딱히 상관없어요. 저희 집은 밤늦게까지 부모님이 안 오시니까 냉장고 안에 있는 걸 실질적으로 관리하는 건 저거든요."

"어, 그럼 평소에는 시모노 군이 밥을 해 먹어?"

"네, 뭐."

"요리도 할 수 있구나. 항상 편의점에서 때운다고 하지 않았어?"

"혼자 살면 해 먹을 생각이 안 들잖아요. 고등학교 때는 여동생도 있으니까 해 먹을 수밖에 없었고요."

"칠칠치 못한 건지, 야무진 건지 모르겠네."

그런가? 다른 사람을 위해서 움직일 생각은 들지만, 아무래도 나 자신을 위해서 수고를 들이는 건 귀찮다는 느낌이 든다. 시간을 들여서 요리를 해도 먹으면 한순간이고, 여동생처럼 맛있다고 하면서 먹어줄 사람이 없으면 의욕을 유지할 수가 없다.

"어지간히 요리를 좋아하는 게 아닌 이상, 남자들은 대충 그렇지 않을까요?"

"그럼 앞으로는 누나가 나나야 군에게 요리를 해줄까?"

나를 향해 윙크하는 과장님.

"또 시작하셨네. 이쪽으로 온 뒤로 저를 놀리는 거에 재미 붙이신 거 아니에요?"

"따, 딱히 놀리는 건 아니야. 봐, 왠지 지금도 부엌에 나란히 서서 신혼부부 같잖아."

과장님이 약간 쑥스러워하며 그렇게 말했다.

이 호감 공격은 진짜로 착각할 것 같다. 하지만 난 알고 있어.

내 과장님이 이렇게 호감을 드러낼 리가 없다고! 저번에 넥타이를 바로잡아줬을 때 내가 신혼부부 같다고 하니까 엄청 화를 냈으니까. 이건 함정이야. 이런 농담에도 쿨하게 대처할 수 있는 어른이어야 인기가 있지. 연애 멘탈리스트 Yuito라면 그렇게 말할 거야. 그래서 나는 들뜨지 않고 냉정하게 대답했다.

"하하하, 제가 저번에 과장님에게 했던 개그를 받아치시는 거죠? 저도 다 알아요. 저도 농담으로 한 말이었으니까 그렇게까지 마음에 담아둘 필요는 없잖아요."

내가 한 말도 농담이었다는 식으로 변명도 하고, 괜찮은 대답이다. 과장님은 나를 동정 내지는 어린애 취급하니까. 이런 상황에서는 내가 농담이 잘 통하는 어른 남자라는 걸 어필해야지.

"······."

과장님이 대답하지 않았다.

"과장님?"

"······감자, 껍질 다 깎았어?"

"어······, 아, 네. 아니, 과장님 우세요?"

"······안 울어."

"아니, 눈물이."

"안 울어! 양파 때문에 매워서 그래!"

과장님 앞에 놓여 있는 사발 안에는 다진 고기와 잘게 썬 양파가 들어있긴 하다.

그걸 주무르는 과장님의 손길이 좀 전보다 세진 것처럼 느끼는 건 내 착각일까.

그 이후로 내가 껍질을 깐 감자는 맛있어 보이는 포테이토 샐러드로 변했고, 과장님이 구운 햄버그와 함께 식탁에 놓였다. 우리는 이야기를 나누지 않은 채 거실로 돌아왔다.

왠지 아까부터 과장님이 쌀쌀맞다.

혹시 요리할 때 내가 한 말 중에 과장님을 화나게 할 만한 말이 있었던 걸까. 하지만 과장님은 화가 났을 때 금방 뭘 잘못한 건지 가르쳐준다. 그렇다면 그냥 내 기우일지도 모르겠다.

햄버그를 먹으면서(맛있다) 그런 생각을 하고 있자니 게임을 하다가 멈춘 나오가 내 곁으로 다가와서 말했다.

"나나야~, 과장님한테 무슨 짓 했어~?"

"어? 역시 그렇게 보여?"

"보여! 보여! 나나야는 예전부터 여자를 대하는 게 서툴렀단 말이지~."

"그래?! 내가 예전부터 그랬어?!"

"그래! 중학생 때도 나나야가 무신경하게 나를 남자 같은 여자라고 하길래 필사적으로 가슴을 마사지해서 거유가 되었다고!"

중학교에 들어간 뒤로는 나오에게 그런 말을 자주 했던 기억이 있긴 하다. 그런데 마사지로 그렇게 거유가 될 수 있는 건가? 아니, 나오네 어머님도 거유니까 유전도 있겠지. 타임 리프를 하기 전에도 나름대로 컸고……, 왜 나는 소꿉친구의 가슴에 대해서 진지하게 고찰하고 있는 거야. 그런 고찰은 에반게리온하고 원피스만으로도 충분하다고.

"일단 만질래?"

"일단 한잔할래? 같은 분위기로 말하지 마! 중학생 앞에서 고등학생 가슴을 만질 수 있겠냐! 잡혀가!"

"둘 다 고등학생이니까 잡혀가진 않을걸?"

"응, 뭐, 그렇긴 한데!"

그렇긴 한데, 그렇지 않아!

"그건 그렇고, 나나야, 할 이야기가 좀 있는데."

"응? 갑자기 뭐야. 무슨 이야기인데."

좀 전과는 달리 나오는 진지한 표정을 보였다.

"다른 사람이 있는 곳에서는 좀."

중학생들은 깍깍대며 치킨을 맛있게 먹고 있다. 과장님은 왠지 모르겠지만 혼자 TV를 바라보며 복싱 피트니스 게임을 하고 있었다. 진지하게 무섭다. 무언가를 발산시키고 있는 것 같다.

"알았어. 테라스로 나갈까."

나오의 진지한 모습을 보고 나는 고개를 끄덕였다. 나오가 이렇게 진지하게 구니까 신기하다.

나는 테라스로 나가서 창문을 살짝 닫았다. 두 개가 나란히 있는 테라스용 의자에 둘이서 앉았다.

새삼 보니 우리 친가는 참 대단한 곳이라는 생각이 든다. 자랑이 아니라 감탄하는 거다. 우리 부모님은 대단한 사람이었다고.

사회인이 되고 나니 테라스가 딸린 단독주택을 사는 게 얼마나 대단한 건지 눈치챈 것이다.

게다가 테라스용 테이블과 의자까지 있을 줄이야. 우리 회사도 그럭저럭 규모가 크니까 과장 정도까지 출세하면 수입도 꽤 괜찮을 텐데……. 뭐, 지금은 훨씬 나중 이야기다. 일단 눈앞에 있는 화제에 집중해야겠다.

"그래서, 할 이야기가 뭔데?"

"나나야는 좋아하는 사람 있어?"

"뭐야, 갑자기. 연애 이야기를 하자고? 의논할 상대를 착각한 거 아니야?"

"됐으니까! 대답해~."

음~, 있다는 건 확실하다. 좋아한다고 딱 잘라 말하는 건 좀 부끄럽지만, 나는 과장님을 동경하고 있고, 그 마음은 첫 번째 고등학교 시절부터 계속 변함이 없었다.

그렇다고 해서 지금 나오에게 그런 말을 하면 앞으로 선거를 준비하는 게 껄끄러워진다. 항상 나오가 '이 녀석, 과장님을 좋아하지. 우와, 방금은 분명히 다가가려고 일부러 그런 거야~, 동정~'이라고 생각하면서 함께 행동한다니, 지옥이다. 그러니까 지금은 없다는 걸로 하면서 넘겨야겠다.

"좋아하는 사람은 딱히 없어."

"없어? 진짜로 진짜? 진짜로 진짜로 진짜로 진짜?"

뭐야, 왜 이렇게 끈질겨. 얼굴을 들이대지 마. 좋은 향기가 나잖아. 내게 좋아하는 사람이 없으면 이야기를 진행할 수 없는 거야? 그야 연애 상담 같은 건 공감이 중요할 테니까. 좋아하는 사람도 없는 녀석하고는 말이 안 통할 듯하다. 어쩔 수 없지, 과장님이라는 걸 들키지 않을 정도로 대충 흘려볼까.

"신경 쓰이는 사람은 있을지도 몰라."

"나나야는 하나하나 귀찮단 말이지~."

"울어버린다! 말조심해!"

"그런데, 있구나. 흐음~, 그렇구나~."

어? 뭐야? 그게 다야? 나한테 좋아하는 사람이 있는지 확인하고 끝이야?

아니면 혹시 내가 이야기에 파고들어서 캐물어야만 하는 미션 같은 건가? 아니, 연애 멘탈리스트 Yuito의 강의 동영상에 이런 상황이 있었던 것 같기도 한데. 인기가 많은 남자는 여자에게 공감을 해주면서 이야기를 이끌어 나가고, 여자가 물어봐 줬으면 하는 걸 눈치채야 한다고. 그렇구나, 알았다. 이건 내가 인기남이 되기 위한 시련인 거야. 해주지.

음, 나오는 내게 좋아하는 사람이 있는지 물어봤지……. 헉! 이거 알아! 강의에서 했던 거야! Yuito가 말했었지! 여자가 질문한 것이 자신에게 물어봐 줬으면 하는 거라고. 다시 말해 똑같은 질문을 던지기만 하면 된다.

후후……, 역시 나야. 폼으로 Yuito의 신자 행세를 하는 게 아니라고.

"나오는 좋아하는 사람 있어?"

"아, 지금은 그런 거 상관없으니까."

퍽! 퍼킹! 소꿉친구라도 상관없어, 나는 지금 이 녀석을 처죽인다!

"나나야는 그런 생각이 드는 사람하고 사귀고 싶다, 그런 생각도 해?"

뭐야, 이야기를 계속 진행해 나가는데, 이 녀석. 그럴 거면 처음부터 그렇게 이끌어 나가지. 나를 부끄럽게 만들지 말라고. 너와 달리 내 멘탈은 페어리 타입이란 말이야.

뭐, 질문에는 확실하게 대답해야지.

"그야 사귀면 좋겠다고 생각하긴 하는데, 우선 그 사람에게 어울리는 남자가 되지 못하면 자신 있게 고백 같은 걸 할 수는 없지."

"어~, 왠지 아저씨 같은 소릴 하네, 나나야. 기세를 살려서 팍팍 들이대서 사귀면 되잖아."

"멍청아! 남자와 여자가 사귄다는 건 말이지, 그렇게 기세만으로 정해도 되는 게 아니라고! 확실하게 서로를 이해하고, 이 사람밖에 없다고 생각하고, 한 가지 더, 나라면 이 사람을 행복하게 해줄 수 있다는 자신감이 있어야 비로소 사귈 수 있는 거라고!"

"그……, 그렇구나. 그럼, 그러기 전에 다른 사람에게 고백받으면? 예를 들자면 근처에 있고, 그 아이는 진지하게 나나야하고 사귀고 싶어하고, 거절하는 게 좀 불쌍한데~, 그런 생각이 들면 어떻게 할 거야?"

나오가 의자를 내 쪽으로 옮겨서 바짝 다가왔다. 나오의 눈이 진지하게, 똑바로 나를 보고 있었다.

"거절하지."

"거절한다고?! 불쌍하지 않아?!"

"불쌍하겠지."

"그럼 왜 거절하는데~!"

"좋아하지도 않는데도 그 녀석하고 사귀는 게 훨씬 더 불쌍하니까."

"그, 그야, 그럴지도 모르겠지만. 그렇게 직설적으로 말할 필요는……."

"아니, 직설적으로 말해야지. 그게 용기를 내서 고백해준 상대방에 대한 성의라는 거야. 나도 용기를 내서 미움받을 각오를 하고 그 녀석에게 딱 잘라 말해야겠지. 너하고는 사귈 수 없다고."

그게 연애라는 거다. 잘 풀리지 않는다. 상대방의 마음 같은 건 모른다. 그래서 중요한 순간에는 확실하게 자신의 마음을 전해야만 한다. Yuito가 그런 말을 했는지는 잘 모르겠지만, 나는 그렇게 생각한다. 이게 내 연애 멘탈리즘이다.

"……그렇지. 응, 고마워, 나나야."

"응? 뭐가?"

"이야기를 들어줘서."

"어?! 벌써 끝이야?! 아직 아무런 의논도 안 했는데. 나만 이야기했을 뿐인데."

"방금 한 이야기로도 충분해. 나나야는 정말 바보구나~. 가슴만 생각하니까 그렇지."

"생각 안 했어! 왜 멋대로 내 캐릭터를 그렇게 만드는 건데!"

잘 모르겠지만 고민은 해결된 모양이다. 정말 이해가 잘 안된다. 제대로 의논해주면서 어른의 여유를 보여주려 했는데.

"그럼 모처럼 이야기가 나왔으니 나도 질문을 할게. 나오는 왜 학생회장에 입후보한 거야?"

"어, 그 질문은 두 번째 아니야? 나나야, 괜찮아? 타임 리프 같은 거 한 거 아니야?"

반응하기 힘든 태클을 걸기는. 타임 리프는 했다고.

"학교 식당 무료 같은 말을 믿겠냐. 확실한 이유가 있지? 몇 년을 함께 지냈는데."

"나나야는 아무렇지도 않게 느끼한 말을 한단 말이지."

"너는 아무렇지도 않게 상처받는 말을 한단 말이지!"

"난 말이지, 어른이 되면 다양한 나라에 가보고 싶다고 생각하고 있어. 나는 바보니까 좀 더 많은 것들을 공부하고, 다양한 사람들을 보고, 뭔가 다른 사람에게 도움이 될 수 있는 사람이 되었으면 해서."

응, 알고 있어. 너는 성실하고 노력가니까 그 꿈을 확실하게 이루고 훌륭한 어른이 될 거야.

"그런데 그거하고 학생회장은 무슨 상관이 있는데?"

"학생회장은 내게 안 맞는다고 생각하지?"

"그렇게 생각하지."

"이놈, 솔직하게 말하지 마! 가슴 미사일 날려버린다!"

가슴 미사일이 뭔데?! 혹시 내 소꿉친구가 사이보그였나?!

"그래서? 안 맞는다는 걸 자각하고 있다면 더더욱 의문이 드는데."

"훈련이려나? 안 맞는 거나 내가 아직 잘 모르는 것에 도전하는 훈련! 해외에 가면 모르는 게 잔뜩 있을 것 같지 않아? 언어

장벽이나 문화 차이, 힘든 일이 분명히 있을 거야. 그러면 나는 싫은데~, 나는 못 할 것 같은데~, 그렇게 생각하면서 금방 포기해버릴 것 같거든."

"그래? 나는 네가 그렇게 간단히 포기할 녀석이 아니라고 생각하는데."

"오오, 기쁜 말을 해주네! 어쩔 수 없지, 가슴 만져도 돼."

"뭐든지 가슴으로 갖다 붙이지 마!"

그래도 나오가 무슨 말을 한 건지 이해가 되는 것 같다. 지금 나오는 아직 고등학교 1학년. 어린애다. 아직 체험하지 못한 커다란 사회에 자신이 얼마나 적응할 수 있을지, 막연한 불안감이 드는 것도 어쩔 수 없다. 나도 스물일곱 살이 되었는데도 아직 불안한 것투성이니까.

"그러니까 나하고 안 맞는 것에 도전해볼까 해서 입후보했어. 에헤헤~, 학교를 좋게 만들자는 생각은 없습니다~! 저 자신을 위해서만 입후보했다는 불순한 동기예요!"

"불순한 건 아니야."

"어~, 그런가~?"

"그래, 훌륭한 것 같은데. 나 혼자 보증해주는 걸로 불안하면 과장님에게도 물어봐. 나오의 동기를 알게 되면 과장님이 더더욱 의욕을 낼 테니까."

과장님은 그런 사람이다. 내가 보증한다. 뭐, 그래도 과장님이니까 나오가 뭔가 꿍꿍이가 있어서 이번 선거에 진지하게 임한다는 것 정도는 이미 눈치채고 있을 것이다.

"이히히, 고마워, 나나야. 지금 이런 나나야라면 여자애들에게도 인기가 많을 거야."

"마지막에 한 말은 굳이 할 필요 없는데."

나오는 활짝 웃으며 쑥스럽다는 듯이 나를 보았다. 정말 감정이 풍부한 녀석이다.

"그건 그렇고, 과장님하고는 괜찮아? 제대로 사과해야지~."

"사과고 뭐고, 왜 화가 난 건지 모르거든."

"음~, 과장님은 척 보기에 쿨한 것 같지만 의외로 귀엽고 어린애 같을 때도 있고, 그래도 역시 진짜로 고등학생인가 싶을 정도로 어른스러울 때도 있어서 신기한 사람이란 말이지. 무슨 생각을 하는 건지 잘 모르겠어. 그게 과장님의 매력이긴 하지만. 미스테리어스 미녀."

나오의 말대로 타임 리프를 한 뒤로 과장님은 예전보다 감정이 풍부해졌고, 그만큼 무슨 생각을 하는 건지 알아보기 힘들게 되었다. 회사를 다닐 때는 금방 과장님의 기분이 좋은지 나쁜지 알 수 있었는데. 이유가 뭘까, 고등학생의 육체에 정신이 휘둘리는 걸까? 그 무서운 SF는 대체 뭔데.

"젠장~, 모르겠어~!"

"그래도 과장님은 아마 나나야를 좋아할 거야. 엄청 호감을 드러낼 때가 있곤 하니까."

"아니야, 아니야. 그냥 놀리는 것뿐이지."

"어~? 그런가~? 나나야는 둔감하니까~."

나는 딱히 둔감하지 않다. 오히려 툭하면 곧바로 이 아이가 나를 좋아하는 거 아닌가? 그렇게 생각하는 동정이다. 하지만 그것 때문에 몇 번이나 쓴맛을 봤다고. 그야 나도 사실은 가능성이 있다는 생각을 하고 싶지.

"어찌 됐든, 슬슬 돌아가지 않으면 과장님뿐만이 아니라 코후유가 시끄럽게 굴 테니까 가자."

"그래. 일단 사과하면 과장님도 용서해 줄 거야. 사과로 밀어붙이면 어떻게든 되겠지!"

이히히, 하고 소악마처럼 웃는 나오와 함께 자리에서 일어나 거실로 돌아갔다.

코후유가 또 시끄럽게 따지지 않을까 경계했는데, 사카노 군, 시라키 양과 즐겁게 수다를 떨다가 우리가 빠져나갔던 걸 눈치채지 못한 모양이다. 이 세 사람도 그냥 있으면 사이좋은 중학생 그룹이잖아. 그러고 보니 코후유가 친구를 집에 데리고 온 건 처음일지도 모르겠다. 좋은 친구가 생긴 것 같아서 오빠로서는 약간 안심이 된다. 물론 조금이라는 건 1할 정도고, 나머지 9할은 불안하기만 하지만.

"사이가 좋네."

코후유 대신 우리를 기다리고 있던 것은 떡 버티고 서 있던 과장님이었다.

상당히 열심히 복싱을 했는지 땀을 흠뻑 흘린 상태였다.

"아~, 과장님 질투하네~. 역시 나나야를 좋아하는구나~!"

야, 바보야, 그러지 마. 기분이 상한 과장님을 놀리다니, 모니터링 검증이라도 하는 거냐? 분위기 파악 못 하는 여자애가 놀리면 과장님은 화를 낼까? 내지 않을까? 당연히 화내겠지! 그런 건 앞으로 절대 하지 마! 멍청아!

"그그그그그그그그그그럴 리가 없잖아!"

봐! 화내잖아! 나는 몰라, 나오가 어떻게든 하라고.

"부끄러워하기는, 과장님 귀엽네!"

어떻게 봐야 저게 부끄러워하는 걸로 보이는데! 얼굴이 새빨 갛잖아!

"시모노 군! 얘 좀 어떻게 해줘!"

"와우, 설마 하던 과장님에게서 온 패스. 그런데 죄송합니다, 저는 이 녀석을 말릴 방법을 모르겠어요."

"소꿉친구잖아?!"

"소꿉친구이기 때문에 이 녀석을 말릴 수 없다는 사실을 잘 알고 있는 거죠!"

"그런 걸로 당당해하지 마!"

"오, 두 분이서 호흡이 척척 맞네~! 휘익~, 휘익~! 신혼부부 같아!"

"으으으으! 그 단어는 이제 그만 말해애애!! 으에에에에에엥!!"

"어?! 과장님은 왜 우는 거야?! 나나야, 왜?!"

"나, 나도 몰라!"

역시 신혼부부 개그가 원인이었던 건가. 어렴풋하게 그렇지 않을까 생각했었는데, 그렇다면 뭐라고 대답하는 게 정답이었 던 걸까. 내게는 난이도가 너무 높아. 여자 마음을 모르겠어.

"잠깐, 아줌마들, 왜 남의 집에서 떠들고 있어! 코후유가 없는 곳에서 멋대로 신나게 놀지 말란 말이야!"

부탁이야, 더 이상 상황을 복잡하게 만들지 말아주라, 여동생아! 그리고 나오는 상관없지만 과장님을 아줌마라고 부르면 은근히 상처받을 테니까 그러지 마!

"으에에에에에엥! 중학생이 아줌마라고 했어어어!"

"코후유, 아줌마라니 나도 충격이야! 아까 그렇게 사이좋게 게임해놓고!"

"시끄러워, 습가슴가 아줌마! 오빠에게 접근하는 나이든 여자는 모두 아줌마야!"

"습가슴가 아줌마?! 무슨 빵집 아줌마 같은 느낌이야! 좀 재미있잖아, 코후유!"

"으에에에에에엥! 어차피 나는 30대가 코앞이라고오오오!"

"괜찮아요! 과장님! 어려졌으니까! 풋풋한 여고생이니까요!"

결국, 이 카오스 상태는 그 이후로 30분 동안이나 이어졌다.

카미조 토우카의 비공개 mixi 일기　　　　【사회인 2년 차】

4월 19일 일요일

내일은 사내 연수를 마친 신입이 배속되는 첫날(*^_^*).

우리 부서에는 영업 네 명하고 사무 두 명이 배속될 예정☆

나도 내일이면 선배가 된다(′Д ̀).

오늘은 푹 쉬면서 숨을 돌렸고……, 그래봤자 하루 종일 게임을 한 것뿐이지만.

뭐, 괜찮아! 나는 휴일 중 하루는 기운차게, 나머지 하루는 축 늘어지기로 정했으니까(｡・ω・｡).

좋았어~, 내일은 위엄 있는 모습을 보여줘야지!)

기다려라~, 신입들아~(o^^o)!

# 제4장 ┃ 부하와 상사는 첫 데이트를 하고 싶다

"그건 아무리 생각해도 나나찌가 잘못했지!"

다음 날 방과 후. 아마 내가 아는 사람 중에서 가장 여심을 잘 아는 남자일 타도코로 오니키치에게 어젯밤에 있었던 일을 이야기하자 들은 대답이다. 교실에는 집에 갈 준비를 하는 반 친구들이 아직 몇 명 남아있었기에 나는 주위 사람들이 듣지 못하게끔 최대한 작은 목소리로 말했다.

"역시 그런 거야?"

"당연하지! 신혼부부 같다고 하면 맞아, 마이 허니, 바로 혼인 신고를 하러 구청에 가버릴까?! 히어 위! 이렇게 대답해야지~."

"아니, 그것도 아닌 것 같은데! 그리고 목소리가 너무 커!"

"게다가 '마음에 담아둘 필요는 없잖아요'라는 말은 최악이지~. 오타쿠스러운 대답이라고. 알겠어? 나나찌, 오타쿠는 상관없지만 오타쿠스러운 건 안 되거든?"

윽, 무슨 말인지는 알겠다.

"알았어. 반성할게. 어떻게든 만회할 방법이 없을까?"

"그야 당연히 있지?"

"어? 뭔데, 뭔데?!"

"데데데데데이트를 하하하하하자고 해, 히어 위 고~!"

허공에 스크래치를 하면서 터무니없는 말을 꺼낸 DJ 오니키치.

"응, 못해."

이 세상에는 상사에게 데이트를 하자고 꼬시는 허당 일반 사원은 존재하지 않는다고!

"못하긴 무슨~! 가자! 컴온!"

"어?!"

갑자기 오니키치가 내 팔을 잡고 교실을 뛰쳐나갔다.

빠르게 달려간 곳은 2층. 팔을 뿌리치려 해도 키가 큰 오니키치와의 체격 차이를 뒤엎을 수가 없었기에 눈 깜짝할 새에 목적지에 도착해 버렸다.

"카미조 선배 계신가요~!"

오니키치가 2학년 교실에서 외쳤다.

선거 활동 이야기를 하면서 은근슬쩍 과장님의 정보를 오니키치에게 흘린 것이 잘못이었다.

교실 안쪽에 있던 과장님이 이쪽을 보았다. 그 반응을 통해 오니키치는 카미조 토우카가 누군지 파악한 모양이었다. 오니키치가 나를 질질 끌고 과장님 곁으로 다가갔다.

"처음 뵙겠습다! 오니 쨩, 타도코로 오니키치입니다아~! 이예이~!"

오른손을 앞으로 척 내민 오니키치. 너무 갑작스러운 기세에 무심코 반응해버린 건지 과장님이 악수를 하면서 당황한 표정으로 말했다.

"카, 카미조 토우카예요."

"토우카, 잘 부탁해! 히어 위!"

왜 이름을 막 부르는 건데! 선배라고!

과장님이 안절부절못하다가 도움을 청하는 눈빛으로 나를 한순간 보았지만, 이내 고개를 홱 돌려버렸다. 역시 어제 그것 때문에 아직 화가 난 건가?

"오니키치하고 나나야, 무슨 일이야?"

잘 살펴보니 과장님 옆에 나오가 있었다.

"나오야말로 왜 2학년 교실에 있어?"

"과장님하고 이번 휴일에 미용실에 가자는 이야기를 하고 있었어."

"어? 과장님 머리 자르시게요? 예쁜데 아깝네."

"무무무무슨 소릴 하는 거야! 시모노 군! 내가 아니라 나오!"

"어?! 나 머리 잘라야 돼?! 과장님을 따라가는 거라고 생각했는데!"

설마 하던 본인이 모르고 있었다는 전개.

"진정해, 나오. 미안해, 내가 말을 잘못했네. 딱히 머리를 자르자는 게 아니야. 선거에 맞춰서 헤어 세팅을 하자는 거지."

헤어 세팅이라면 머리카락을 다듬는다는 건가? 나는 머리카락에 손을 별로 안 대니까 그런 건 잘 모른다. 나오의 헤어스타일은 어깨에 아슬아슬하게 닿지 않을 정도의 단발이고, 군데군데 삐친 부분이 있다. 빈말로도 깔끔하고 단정하다고 할 순 없지만, 여고생 헤어스타일로 따지면 딱히 위화감은 없다. 젊은이스러운 헤어스타일이다.

"헤어 세팅이라……."

여자들끼리 통하는 게 있는지 나오는 과장님의 말을 듣고 납득한 듯한 표정을 짓고 있었다.

"그래. 선거 당일에 연설을 해야 하잖아? 준비 기간도 중요하지만, 역시 가장 투표에 큰 영향을 주는 건 마지막에 하게 되는 연설이야. 연설에 설득력이 없으면 준비 기간 내내 차근차근 유도해온 부동표를 단숨에 잃게 될 우려가 있어."

"그렇긴 하죠. 그런데 그거랑 머리카락을 다듬는 게 무슨 상관이 있죠?"

내가 그렇게 말하자 과장님에게서 싸늘한 시선이 날아들었다. 제가 또 뭔가 저질렀나요?

"……연설은 프레젠테이션이잖아? 그러니까 자신을 어필하는 영업. 영업 사원이 제일 처음에 가장 신경 써야만 하는 게 뭐지?"

"아……! 첫인상이군요!"

아차, 이런 것도 금방 이해하지 못하다니, 과장님이 화를 낼 만도 하네.

"정답. 사람은 이러쿵저러쿵해도 외모가 중요해. 아무리 멋진 연설을 한다 해도 그 사람을 믿을 수 없다는 생각이 든다면 내용 같은 건 누구의 머릿속에도 남지 않을 거야. 그걸 결정짓는 것이 첫인상. 딱히 나오의 인상이 나쁘다는 건 아니야. 귀엽고, 기운이 나고, 최고의 인상이지."

"와아~, 과장님한테 칭찬받았다~!"

진심으로 기쁜 듯이 들뜬 나오. 이 녀석을 보고 있으면 기운이 나긴 하지.

"하지만 연설을 하는 데 필요한 설득력은 나오에게서 요만큼도 느낄 수가 없어."

"으아~! 과장님이 내 험담했어~, 눈물 나~."

"그렇다고 해서 외모를 크게 바꿀 필요는 없어. 오히려 너무 작위적인 느낌이 들게 될 테니까. 머리카락을 깔끔하게 세팅한다. 그 정도만으로도 평소 모습과의 차이 때문에 설득력이 강해지는 거야."

나는 대규모 거래처에 처음 점검하러 간 날을 떠올렸다. 그때도 과장님은 내 넥타이를 바로잡아주었다. 사소한 것일지도 모르겠지만, 그 작은 변화가 큰 영향을 준다. 마치 나비 효과 같다.

"그런데 이번 휴일에 세팅해도 밤에 머리를 감으면 흐트러질 텐데?"

"괜찮아, 내가 하는 법을 보고 세팅을 기억해둘 테니까 당일은 내게 맡겨줘. 우선 프로가 하는 법을 배우기 위한 예행연습인 거지. 내가 항상 다니는 미용실이라면 실력이 확실할 테니까."

그렇게 실력이 좋다는 프로의 기술을 보기만 해도 익힐 수 있다고 자신만만하게 말하는 모습이 과장님답다.

"그럼 안심이네!"

나오가 기쁜 듯이 말했다. 완전히 과장님을 잘 따르게 되었네.

"당일은 교복도 제대로 입어야 해. 그거, 가, 가슴이 너무 드러난 거 아니야?"

과장님은 나오의 풍만한 가슴을 보며 얼굴을 붉혔다. 스물여덟 살 여자가 너무 부끄러움을 타는 거 아닌가?

"네~, 네~, 과장님이 그렇게 말하니 그렇게 할게요~! 그런데 나나야하고 오니키치는 뭐하러 왔어?"

"헤이~, 헤이~! 드디어 나나찌의 턴이 돌아왔구나! 나나찌가 토우카에게 하고 싶은 말이 있다는데!"

이런, 맞아, 깜빡 잊고 있었다. 나는 이 껄렁남이 억지로 끌고 온 거였지.

"……뭔데."

과장님이 팔짱을 끼고 이쪽을 보았다. 이 느낌, 오랜만이다. 실수한 다음에 과장님에게 보고할 때 같은 기분이다. 아니……, 잘 생각해보니 내가 터무니없는 짓을 했구나. 내 부주의한 발언으로 상사를 화내게 했는데 사과하지도 않았다. 고등학생으로 돌아와서 과장님과 지내는 시간이 길어졌기 때문인지 감각이 마비된 거 아닌가? 돌아온 건 육체 연령, 알맹이는 어엿한 어른인데.

정말, 나도 참 실례되는 남자구나. 오니키치가 제안한 데이트는 힘들지만, 확실하게 사과하면서 성의를 보여야지.

좋았어……, 이제 이 교실에도 우리 말고 다른 학생은 남아있지 않고, 이제 와서 나오나 오니키치가 이상하게 생각하더라도 상관없다.

시모노 나나야, 각오를 다지자.

"카미조 과장님!"

나는 복도까지 울릴 정도로 큰 목소리로 과장님의 이름을 부른 다음, 제자리에 엎드려 절했다.

"이번에 제 부주의한 발언으로 카미조 과장님을 매우 불쾌하게 해드려 정말 죄송합니다! 부하로서 있을 수 없는 행위를 한점, 진심으로 깊은 사죄의 말씀을 드립니다! 그러니 반성하는 의미를 담아 다음 일요일에 식사를 함께 해주셨으면 합니다만 어떠신가요!!"

나는 고개를 벌떡 들고 과장님의 표정을 확인했다.

과장님은 얼굴을 새빨갛게 물들이고 있었다. 그리고 몇 번이나 들었던 화난 목소리로 꾸짖었다.

"바보 아니야!!"

이것이 시모노류, 월급쟁이, 남자의 사과다.

◆

"과장님, 코후유 생일날 술 드시지 않으셨어요?"

"뭐? 안 먹었어!"

"죄송합니다, 너무 까불었네요."

그렇게 펑펑 우는 과장님은 본 적도 없었기에 나와 나오가 테라스에 나가 있던 동안에 혼자 몰래 술을 먹은 게 아닌가 싶었는데, 보아하니 아닌 모양이다.

혹시 과장님은 내가 상상하는 것 이상으로 소녀인 건가?

"어제는 나오하고 미용실 다녀오셨나요?"

"……다녀왔어."

"어라, 과장님, 머리 좀 자르셨나 보네요?"

"어?! 뭐, 뭐어, 끄트머리만. 간 김에 잘랐어, 간 김에. 딱히 의미 같은 건 없거든?"

오오, 조금 바뀌었다는 생각이 들어서 말해본 건데 다행이다.

그렇게 맞이한 일요일 오전.

나와 과장님은 역 앞 시계 아래에서 사복 차림으로 서 있었다.

사적으로 과장님과 만난 건 오랫동안 알고 지낸 사이인데도 오늘이 처음이다. 물론 과장님의 사복 차림을 보는 것도 처음이고.

그런데 과장님이니까 완전히 어른스러운 바지 스타일로 올 거라 예상했는데, 놀랍게도 치마를 입고 있다. 그것도 꽤 미니. 여고생답다고 하면 그럴지도 모르겠지만, 과장님답냐고 하면 아니라고 대답해버릴 것이다. 역시 과장님은 소녀력이 높은가?

어쨌든 몸매가 좋은 미인. 정말 잘 어울린다. 상의도 예쁜 프릴 블라우스. 연한 녹색이 큐트하다. 평소보다 어리게 보여서 그 격차가 참을 수 없는 듯한 느낌이다. 헤어스타일도 평소와는 달리 하프 업 스타일이라 신선하다. 역시 이 사람은 엄청나게 귀엽다.

"시모노 군, 왜 빤히 보고 있어."

"아니, 과장님 사복 차림이 귀엽다 싶어서요."

"처죽인다!"

어?! 칭찬한 건데?!

과장님은 자른 지 얼마 안 된 머리카락을 손가락으로 만지작거리면서 치맛자락을 잡고 머뭇머뭇 몸을 흔들고 있었다. 또 쓸데없는 걸로 화를 내게 만들어버린 건가? 이럴 때는 직접 외모를 칭찬하기보다는 입은 옷 같은 걸 칭찬해주는 게 좋다고 연애 멘탈리스트 Yuito가 그랬는데. 칭찬하는 방식이 잘못된 건가?

"어디가?"

"응? 뭐가요?"

"구체적으로 어디가 귀여운데."

아니, 의외로 기뻐했던 건가?! 소녀의 마음은 너무 어려워!

하지만 지금은 저번에 한 실수를 만회할 기회다. 호감도를 올릴 찬스!

과장님이 이쪽을 힐끔힐끔 보고 있다. 좋았어, 한 방 날려라! 나나야!

"그러니까요······························."

"생각 안 나는 거면 됐어!"

실수해버렸다. 생각이 안 난 게 아닌데. 적절한 말이 떠오르지 않았다고 해야 하나, 다시 말해 어휘력이 부족하기 때문이다. 크윽~, 나는 정말 글러 먹은 남자구나.

하지만 하루는 이제 막 시작된 참이다.

이러쿵저러쿵하면서도 식사 초대를 받아준 과장님. 결과적으로 오니키치가 제안한 대로 오늘은 단둘이 데이트를 하게 되었다. 이제 과장님이 화를 풀게끔 해야지.

뭐, 식사라고 해도 일단은 고등학생이기 때문에 저녁을 먹을 수는 없어서 점심을 먹게 되었지만 말이다.

갈 가게는 미리 정했다. 이 근처에 숨겨진 맛집인 파스타 가게가 있다는 걸 예전에 바람둥이 계장님이 가르쳐준 적이 있다.

언젠가 여차할 때 써먹어야겠다고 생각했었는데, 그 여차할 때가 온 것이다.

"그럼 갈까요, 과장님. 엄청 맛있는 파스타를 대접해드릴게요!"

◆

역을 떠난 지 약 10분. 거리에 있는 낡고 자그마한 파칭코 가게 앞에서 나는 입을 떡 벌리고 있었다.

"시모노 군은 파칭코도 해?"

"어, 어라? 여기일 텐데……, 혹시 망해버렸나?"

이상하다. 여기 건물 지하에 있었을 텐데. 파칭코 가게 같은 건 없었다고.

그러자 과장님이 내게 말했다.

"망한 게 아니라 아직 안 생긴 거 아니야?"

나는 몇 초 정도 생각하다가 납득했다. 그렇구나, 원래 있던 가게가 망한 게 아니라 이 낡은 파칭코 가게가 망한 다음에 새로 생긴 거겠구나.

"아……, 그렇구나, 지금은 11년 전이지. 이런 오산을……, 죄송합니다, 과장님."

"딱히 상관없어. 역 앞으로 돌아가면 가게는 얼마든지 있잖아?"

결국 일부러 역 앞으로 돌아가게 되었다. 여자를 무의미하게 20분이나 걷게 해버렸다.

일단 보이는 이탈리아 레스토랑 체인점에서 점심을 먹기로 했다.

자리에 앉자마자 과장님이 기쁜 듯이 메뉴를 가리키며 말했다.

"나는 아보카도하고 새우 크림 파스타~."

"그럼 저는 나폴리탄으로 할게요…….".

"아직 풀 죽어 있어~? 어쩔 수 없잖아. 없는 건 없는 거니까. 그리고 나는 이 가게 좋아해~ 혼자서 자주 오거든."

방긋 웃는 과장님.

"화 안 나셨어요? 과장님."

"딱히 화 안 났어. ……아니, 나도 저번에는 너무 화를 냈다고 해야 하나, 삐졌다고 해야 하나……, 오늘은 초대해준 것만으로도 기쁘다고 해야 하나. 뭐, 이제 됐어! 응!"

"과장님~! 역시 저는 과장님 부하라 다행이에요~!"

"이런 곳에서까지 과장님이라고 부르지 마! 그리고 학교에서 엎드려 절하지 말아줘! 두 번 다시 하지 마!"

과장님이 볼을 부풀리며 주먹을 들어 올리는 시늉을 했다. 젠장~, 자상하게 대해준 다음에 그렇게 귀여운 몸짓을 보이면 푹 빠져버린다고~.

그런데 어떻게 해야 하나. 원래 계획이 틀어져 버렸다.

사실 계장님이 가르쳐준 그 파스타 가게가 있는 건물은 놀이 시설 같은 곳이라 1층엔 게임센터, 2층엔 영화관이 있었다. 식사를 한 다음에는 약방의 감초 같은 인형 뽑기라도 하면서 분위기를 띄운 다음에 영화……. 그렇게 척 보기에도 고등학생다운 데이트 플랜을 생각하고 있었는데 전부 백지가 되어버렸다. 휴일에 상사를 데리고 나와서 이대로 점심만 먹고 헤어질 수는 없는데.

"에휴~."

"또~, 한숨 같은 걸 쉬기나 하고. 나나야 군은 누나랑 함께 있는 게 즐겁지 않아?"

나왔다. 자주 보던 과장님의 호감 모드. 지금 나는 그 호감에 응석을 부리고 싶어지지만, 그럴 수는 없다.

"물 떠올게요."

"아, 응."

자리에서 일어난 나는 곧바로 드링크바 코너로 향했다. 그리고 드링크바 옆에 설치되어 있던 정수기에서 물을 받으면서 필사적으로 계획을 짰다.

어른이라면 적당히 낮술이라도 하자고 하면 그것만으로도 하루를 보낼 수 있겠지만, 미성년자인 지금, 알코올 없이 토크 승부를 하는 건 불가능하다. 이럴 때 제대로 연애를 하지 못했던 남자의 약점이 드러나게 된다.

컵 두 개에 물을 받은 다음, 결국 아무것도 정하지 못한 채 자리로 돌아가려고 발걸음을 돌렸다. 그와 동시에 기분 나쁜 것을 목격해버렸다.

우리 뒷자리에 낯익은 2인조가 앉아있다. 변장한 건지 둘 다 일부러 모자를 눌러쓰고 있지만, 거유와 키다리 껄렁남. 그렇게 외모가 특이한 저 녀석들을 내가 알아보지 못할 리가 없다.

"저 녀석들, 따라왔네."

나오와 오니키치가 재미 삼아 우리를 미행하고 있는 모양이다. 아예 저 두 사람까지 끌어들이면 나 혼자서 데이트 플랜을 생각해낼 필요도 없지 않나…… . 그런 생각도 들었지만, 이건 어디까지나 과장님에게 사과하는 마음을 담아 마련한 식사 모임이기에 그냥 친구들과 놀면서 지낸 휴일로 만들게 되면 의미가 없다.

저 녀석들이 따라왔다는 걸 과장님에게 말하더라도 그것대로 이런저런 오해를 사서 골치 아파질 것 같고. 눈치채지 못한 걸로 하고 그냥 보낼까.

나는 고민하면서 과장님이 기다리고 있던 자리로 돌아왔다.

"물 고마워. 주문은 내가 해뒀어."

"감사합니다, 과장님."

"정말 왜 그래?"

어쩔 수 없지. 고민해봤자 해결이 안 되니까 털어놓을까.

"솔직히 말씀드리자면, 식사를 한 다음의 일정을 생각해두지 못해서요."

"어, 그럼 이다음엔 할 게 없다는 뜻이야?"

"네, 죄송합니다! 먼저 불러놓고 아무런 준비도 못 한 무능한 남자라 정말 죄송합니다!"

"아니, 아니, 화를 내는 게 아니라, 갈 곳이 딱히 없다면 내가 가고 싶은 데가 있어서 그래."

"그래요?"

"응!"

과장님이 가고 싶은 곳이라. 과장님의 사생활은 전혀 모르니까 어떤 곳을 좋아하는지 알게 될 기회일지도 모르겠다.

"그럼 거기로 갈까요. 어딘데요?"

"회사!"

"네?"

"회사 가보고 싶지 않아?! 11년 전 회사가 어떤 느낌이었는지 보고 싶어!"

"자, 잠깐만요. 과장님. 목소리가 너무 커요."

나오하고 오니키치가 듣지 않았을까? 아니, 이 사람이 무슨 소릴 하는 거야. 모처럼 고등학생으로 돌아와서 출근을 하지 않아도 되는데 일부러 회사에 가겠다고?! 골수 일 중독자냐고!

"기대된다~."

"아니, 잠깐만요. 아직 정하지 말아주세요."

미행당하고 있는데 회사 같은 곳을 가면 무슨 생각을 할지. 나도 나오하고 오니키치 앞에서 과장님이라고 부르거나, 엎드려 절하거나, 그런 행동을 마구 해댔지만, 그건 여차하면 농담으로 넘길 수 있는 범위고, 아무리 그래도 회사에 가는 건 위험하지! 게다가 회사에 가서 뭐 할 건데!

"시모노 군, 싫어?"

"싫다고 해야 하나, 모처럼 돌아왔으니 좀 더 고등학생다운 걸 하자고요. 네?"

"사회 견학, 정말 학생다운 행동이잖아. 학생의 본분은 학업이고, 그건 다시 말해 사회로 나가기 위한 준비야."

"안 되겠어, 이 사람에게 고등학생다운 걸 추구하는 게 잘못이지."

"결론이 나왔으니까 얼른 밥을 먹고 준비하자!"

과연 이걸 데이트라고 해도 되는 걸까.

◆

정말로 와버렸다.

전철을 타고 가장 가까운 역에서 도보로 8분. 본사 다음으로 인원이 많은 우리 지사는 그럭저럭 규모가 큰 건물의 세 층을 빌려서 쓰고 있다. 내가 용케도 이렇게 큰 기업에 입사했구나. 이 건물을 볼 때마다 그런 생각이 든다.

"왠지 회사를 보니 마음이 차분해지네."

"당신만 그렇겠지!"

"어?"

"어?는 무슨! 아무리 상사라도 이 정도 태클은 걸게 해주세요!"

며칠 만에 봐도 그런 느낌은 들지 않는다고. 과거 미화 필터를 씌워도 그럴 순 없어. 정확히는 미래 미화지만. 복잡하네.

입구까지는 왔지만 안으로 들어갈 수는 없다. 딱히 새삼 봐도 회사 모습은 11년 전과 별로 다른 게 없었으니 만족했겠지.

"과장님, 이제 가시죠."

"그래, 들어갈까?"

"나는, 당신이, 하는 말을, 한 마디, 한 마디, 이해할 수가,

없어!!"

"모처럼 왔으니까 들어가는 게 당연하잖아."

"저기 말이죠, 과장님. 지금 말이죠, 과장님은 고등학생이에요. 풋풋한 여고생이라고요. 이 기업과는 전혀 상관이 없거든요? 회사에서 보기에 당신은 외부인이에요. 과장님은 외부인인 어린애가 갑자기 오면 회사 안으로 들여보내실 건가요?"

"안 들여보내지."

"그렇죠, 당연히."

"나라면 말이지."

"네?"

"나라면 들여보내지 않겠지만, 내가 아니라면 들여보내 주지 않을까?"

이런, 무슨 말을 하는 건지 전혀 모르겠다. 나는 얼른 이곳을 벗어나고 싶다고. 오래 머무를수록, 뒤에서 미행하고 있는 두 사람이 캐물으면 대답하기 곤란해진단 말이야. 안 그래도 이렇게 회사들만 있는 곳 건물 앞에서 고등학생들이 어슬렁거리는 것 자체가 수상쩍은데.

"아, 시모노 군! 저거 봐! 계장님! 저거, 나카가와 계장님 맞지!"

"어? 뭐가요……, 아니, 진짜네! 계장님이야! 젊어!"

보라색 넥타이에 분홍색 와이셔츠, 옷차림이 화려한 20대 초반 정도로 보이는 회사원 한 명이 건물 입구를 향해 걸어왔다. 나이는 다르지만 낯익은 얼굴이라는 건 분명하다.

"아직 신인 시절이겠지! 1년 차나 2년 차 아니야?! 젊어~! 더 훈남처럼 보이네~."

"그, 그런가요? 목이 길어서 좀 촌스럽지 않나요?"

응, 물론 질투야.

"뭐, 나카가와 계장님이 이 시간에 여기를 지날 거라고 이미 계산해두긴 했지. 저 사람은 점심시간에 돌아오는 시간이 항상 똑같거든. 혹시나 그렇지 않을까 했어."

과장님이 그렇게 말하며 씨익 웃었다.

"과장님, 설마?"

"시모노 군, 잠깐 여기서 기다려."

과장님은 내 어깨를 살짝 두드린 다음 곧바로 젊은 계장님에게 다가갔다.

그리고 망설이지도 않고 계장님에게 말을 걸었다. 계장님은 약간 당황한 모습을 보이다가 왠지 모르겠지만 곧바로 미소를 지었다. 어떤 화술을 쓴 거야.

나는 과장님이 없는 틈에 주위를 둘러보았다. 그 두 사람은 어디 숨어있을까. 아, 있네. 풀숲 너머로 머리가 그냥 보여. 혼자 남은 김에 다 들켰다고 주의를 주러 갈까. 하지만 그러기 전에 과장님이 돌아와 버렸다.

"안으로 들어갈 수 있을 것 같아."

"진짜로요? 뭐라고 말했는데요?!"

"취업 준비 중인 대학생인데 회사를 견학하게 해달라고 했을 뿐이야."

"대학생이라니……, 과장님이라면 그렇게 보일 수도 있겠네."

저 에로 계장, 과장님 같은 미인이 말을 거니까 아무런 생각도 없이 바로 오케이를 했을 게 분명해.

하지만 이런 상황이 되었으니 이제 와서 돌아갈 수는 없겠지. 어쩔 수 없이 건물 입구 앞에서 기다리고 있던 계장님에게 과장님과 함께 다가갔다.

"어라, 남자애도 있어?"

계장님이 노골적으로 불만이라는 듯한 표정을 지었다.

과장님이 곧바로 미소를 지으며 대답했다.

"동생인 나나야예요. 아직 고등학생이긴 한데, 동생도 이 회사에 흥미가 있어서요. 그렇지? 나나야."

"어, 그래, 응. 누나."

"흐음……, 대학생으로 보이진 않긴 하네……. 좋아! 동생, 고등학생인데도 사회 견학을 나오다니, 기특하네! 그래, 둘 다 따라오도록 해!"

쉽네! 그런데 이렇게 쉽사리 회사에 침입할 수 있게 되다니, 과장님은 무서운 사람이다.

어쩔 수 없지, 이대로 안으로 들어가 버리면 나오와 오니키치도 따라오지 못할 테니 긍정적으로 받아들이자.

우리는 계장님을 따라 건물로 들어갔다. 엘리베이터를 타고 도착한 곳은 4층 영업부. 날마다 다녔기에 익숙하긴 했지만, 감도는 분위기는 평소와 조금 달랐다. 신기한 느낌이었다.

"책상 배치 같은 게 지금하고는 많이 다르네요. 사무하고 영업 자리도 파티션으로 나뉘어 있고."

나는 과장님에게 귓속말을 했다.

"아, 이런 배치일 때는 아직 시모노 군이 입사하지 않았구나. 내가 1년 차일 때는 이랬거든. 사무 쪽하고도 상당히 알력이 심했고. 이렇게 나누어 놓으면 일하기가 정말 껄끄럽단 말이지."

"혹시 과장님이 개선하자고 제안한 건가요?"

"맞아. 처음에는 사무 쪽 사람들도 영업 쪽 신입이 잘난 척한다고 나를 눈엣가시로 여겼는데, 금방 마음을 열었어. 사내에서 으르렁대봤자 의미가 없잖아?"

아무렇지도 않게 말하는데, 이 사람은 정말 대단한 일을 해냈네.

"아, 일단 과장님에게 인사하러 갈 테니까 이쪽으로 와."

계장님이 우리에게 손짓을 하며 안쪽 자리로 갔다. 그곳에 앉아 있던 사람은 중년 남자. 통통한 몸에 입술이 두꺼웠다. 왠지 본 적이 있는 것 같은 얼굴인데 생각이 안 난다.

"노노무라 과장님, 이 아이들이 우리 회사에 흥미가 있는 모양인데요, 근처 대학교 학생입니다. 취직 준비 중이고 견학하고 싶다고 해서 데리고 왔습니다."

"응? 나카가와 군은 또 쓸데없는 짓을 하는군. 뭐, 자네가 그렇게 말하니 관대하게 봐주겠지만. 어디 보자, 호오, 이거 꽤, 응."

눈을 가늘게 뜨고 싱글거리는 남자 과장. 노노무라……, 노노무라라니, 아! 신입 여자애에게 성희롱을 해서 과장님이 분노하게 만들었던 본사의 노노무라 부장이구나! 원래는 우리 과장이었나.

"갑작스럽게 찾아와서 죄송합니다. 카미조라고 합니다. 잘 부탁드립니다."

"자네 미인이군. 그런데 거기 있는 남자애는?"

노노무라 부장의 시선이 갑자기 날카로워지며 내게 쏠렸다.

"동생이라는데요. 이쪽은 고등학생이긴 한데, 우리 회사에 흥미가 있답니다."

"흐음~, 그렇군. 그래, 그래, 기특한 남매야."

동생이라는 사실을 알게 되었을 때 보이는 반응이 똑같네, 이에로 콤비!

"나카가와 군, 자네 이미 이번 달 매출 달성했지? 오후는 이 두 사람을 안내해주게. 미래의 전력은 소중히 여겨야지."

"알겠습니다~."

이번 달 매출이라니, 아직 6월 초인데? 보기에는 껄렁대는 것 같은데, 진짜 이 사람도 능력이 있구나.

노노무라 부장의 허락을 받고 우리는 회사 내부를 돌아다니게 되었다.

"저거, 본사 부장이야. 젊었을 때부터 색골처럼 생겼었네."

이번에는 과장님이 귓속말로 말했다.

"아, 네, 눈치채고 있었어요. 동감이네요. 과장님이 입사했을 때는 우리 지사에 없었나요?"

"응. 그때는 이미 본사 쪽으로 옮겼을 거야."

"과장님이 마구 화를 낸 이후로 저 사람이 우리 지사에 아예 오지 않게 되었죠."

"잠깐, 그 이야기는 하지 마. ……내가 그렇게 화를 냈어? 무서웠어?"

"네. 이 사람은 악귀 마을에서 왔나 싶었죠."

과장님은 말없이 내 옆구리를 꼬집었다. 아프지만 귀엽다.

"이쪽이 사무 부서야~. 서류 같은 걸 이것저것 해주는 곳."

계장님이 파티션으로 나뉘어 있는 곳 안쪽으로 우리를 안내해준 다음 말했다.

"잠깐, 나카가와 군, 그 애들은 뭐야?"

늘어서 있던 책상 중 한 곳에서 젊은 여자 한 명이 우리를 보고 다가왔다.

사무 부서에서는 키보드를 두드리는 소리만 울리고 있어서 분위기가 꽤 무거웠다.

"고생 많으십니다, 타카노 씨. 취업준비생이 회사에 견학 왔거든요~. 미래의 전력이죠."

"영문을 모르겠네……, 영업은 한가해서 좋겠어. 아무래도 상관없지만 일을 방해하지 말아줄래?"

쓰레기를 보는 것처럼 싸늘한 눈초리다. 예쁘게 생겼는데, 아깝네.

"어라, 타카노 씨잖아. 젊네."

과장님이 작은 목소리로 말했다.

"어? 아, 정말이네. 예전 모습이 있어. 타카노 씨가 이렇게 미인이었구나."

항상 방긋방긋 웃으며 내게 사탕을 주는 착한 사무원 타카노 씨다! 아무튼 싹싹하고 일도 잘해서 믿음직한 베테랑 사무원분이다. 얼마 전에 마흔 살이 되었다며 자책했으니 이 시절에는 스물아홉 살인가?

그런데 완전히 다른 사람이네. 내가 아는 타카노 씨는 이렇게 매서운 느낌인 사람이 아니었는데. 나카가와 계장님하고도 그렇게 사이가 나쁘지도 않았을 테고.

"과장님, 젊었을 적 타카노 씨가 왠지 무섭지 않나요?"

"그야 쌀쌀맞을 만도 하지. 아까도 말했지만, 사무와 영업은 사이가 안 좋았어. 영업이 견적이나 신청서 같은 것까지 전부 떠넘기니까 사무원분들의 부담이 장난 아니었거든."

"오~, 그러면 느긋하게 어린애들을 회사 안에서 어슬렁거리게 만들었으니 발끈할 만도 하겠네요."

"그건 그렇고, 방금 타카노 씨가 미인이라고 했어?"

"네, 그랬는데요. 젊은 시절의 타카노 씨, 귀엽지 않나요?"

"미리 말해두겠지만, 눈앞에 있는 타카노 씨가 젊고 미인이라고 해도 당신하고 타카노 씨의 나이 차이는 여전하거든? 그리고 타카노 씨는 내가 입사했을 때 이미 결혼한 상태였으니까 지금은 솔로라도 이미 미래의 남편은 정해져 있다고. 알겠어?"

"아니, 저도 알아요. 갑자기 왜 그러시는데요."

"딱히."

고개를 홱 돌리는 과장님. 이 사람이 진짜 왜 그러는 거지.

그런 이야기를 하고 있던 동안 나카가와 계장님과 타카노 씨도 이야기를 마쳤는지, 계장님이 우선 다른 곳으로 가자고 해서 그곳을 떠나게 되었다.

영업부를 나서서 계단을 내려가 도착한 곳은 3층에 있는 휴게소. 자판기가 늘어서 있는 곳 옆에는 문으로 막혀 있는 작은 흡연실도 있었다.

"미안해~, 왠지 무서운 걸 보여줘서."

계장님이 자판기에서 산 캔 음료를 우리에게 건네며 말했다.

"감사합니다. 사무원분들은 업무량이 많아서 힘드신 거 아닐까요?"

캔 음료를 받아든 과장님이 계장님에게 대답했다. 돌직구네.

"뭐, 그것도 있겠고. 일단 영업 쪽에서도 사무 처리를 좀 더 할 수 있게끔 나도 과장님에게 개선안을 제출하고 있는데, 그 사람은 옛날 사람이라 말이지~. 영업은 영업 활동에 전념하면 된다, 사무 처리는 사무 부서에서 할 일이다, 이러니까. 아니, 말이야 그렇지만."

웃는 계장님. 이 사람은 머리가 좋으니까. 연계 밸런스가 잡혀 있지 않다는 것 정도는 역시 눈치채고 있구나. 하지만 나카가와 계정님도 아직 이때는 신입이었다. 아무리 성적이 좋아도 그런 의견을 통과시키는 건 힘들다는 건가? 응, 아니, 그럼 1년차에 그걸 개선한 카미조 토우카는 대체 뭔데.

"그런데, 그게 다가 아니야."

계장님은 자기가 먹으려고 산 캔 음료를 따면서 계속 말했다.

내가 계장님에게 물었다.

"그게 다가 아니라고요?"

"응. 나하고 아까 본 사무원분, 바람을 피웠거든."

""네에?!""

나와 계장님의 목소리가 깔끔하게 겹쳐졌다.

"타카노 씨……, 아까 그 사람 말이야. 타카노 씨도 나도, 각자 애인이 있었는데, 아니, 그 사람은 꽤 미인이잖아? 나도 모르게 손을 대 버렸단 말이지. 실수로."

그만해! 이제 그 이야기는 그만해! 아니, 회사를 견학하고 싶어서 온 학생 상대로 용케도 그런 음담패설 같은 이야기를 나불나불하는구나! 이 녀석, 머리가 맛이 갔나! 보라고, 과장님이 겁을 먹고 내 팔을 잡으면서 떨고 있잖아! 아니, 이건 겁을 먹은 건지 화가 나서 떨고 있는 건지 모르겠네!

"그러다 보니까 말이지, 왠지 모르겠지만 그 녀석이 내 여자 같은 행세를 하기 시작해서~."

아, 안 되겠다. 내 팔을 잡고 있는 과장님의 힘이 강해지기 시작했다.

"아마 너처럼 귀여운 여대생을 데리고 와서 질투한 거……, 아니, 어라?"

나는 뛰어가고 있었다. 과장님의 손을 잡고 건물 복도를 뛰어가고 있었다.

계속 그 에로 계장 이야기를 듣고 있다간 악귀가 깨어났을 것이다. 그래서 나는 악귀가 각성하기 전에 도망쳤다. 다행히 건물의 구조는 알고 있다. 이곳은 내 직장이니까.

나와 계장님은 곧바로 계단을 뛰어 내려가서 건물 밖으로 나왔다.

"허억, 허억, 과장님……, 이제 됐죠……, 오늘은 이제 집에 가요."

"……."

"과장님?"

과장님이 대답을 하지 않았기에 의아하게 생각한 나는 돌아보았다.

얼굴이 새빨갛다. 역시 아까 그 에로 계장에 대한 분노가 가라앉지 않은 건가?

"……시모노 군."

"네."

"……손."

"네? 아, 죄송합니다!"

그러고 보니 엉겁결에 과장님의 손을 잡아버렸다. 나는 재빨리 손을 놓았다. 아직 과장님의 부드러운 손 감촉이 찡하게 남아있다. 갑자기 쑥스러워지기 시작했다.

"아, 아니, 딱히……, 저, 정말, 저 계장님은 젊었을 때부터 똑같네! 타카노 씨가 바람을 피웠다는 이야기는 듣고 싶지 않았지만."

"그, 그렇죠!"

아직 가슴이 두근거린다. 왠지 대화가 어색하다.

"미, 미안해, 고집을 부려서. 그래, 회사를 봐서 만족하기도 했으니까 이제 집에 갈까."

"네, 네!"

우리는 건물을 등지고 걸어가기 시작했다.

여자 손을 잡은 건 이번이 처음이다. 여자가 술을 따라준다는 가게에 회사 선배가 데리고 간 적이 있긴 하지만, 순수하게……, 그것도 좋아하는 사람의 손을 잡은 건 평생 한 번도 해보지 못한 일이었다.

아~, 쑥스럽다. 쑥스럽긴 하지만 옆에 있던 과장님의 손을 힐끔 봐버렸다.

제대로, 제대로 다시 한번 잡고 싶다.

예쁘고 하얀 그 손을 보다가 다시 고개를 들자 문득 과장님과 눈이 마주쳐 버렸다.

"저, 저기."

이봐, 이봐, 내가 지금 무슨 말을 하려는 거지?

"뭐, 뭔데?"

과장님이 눈을 피하며 내게 대답했다.

아니, 말해라. 이런 건 기세가 중요하겠지. Yuito 선생님이라면 맞장구를 쳐줄 거야.

다시 한번, 손을 잡는 거다.

"과장님, 손을……."

"아~! 이제야 나왔네~!"

"아~, 나오, 들키면 미행하는 의미가 없잖아~! 히어 위!"

아, 그랬지, 이 녀석들이 있다는 걸 깜빡 잊고 있었다.

◆

　회사 앞에서 도망치듯이 떠난 우리는 집 근처 역으로 돌아와 근처에 있는 큼직한 공원에 와 있었다.

　분수가 있는 넓은 공간에 도착하자 과장님이 말했다.

　"그래서, 너희는 그런 곳에서 뭐 하고 있었어?"

　그 말을 듣고 나오가 반응을 보였다.

　"과장님하고 나나야가 데이트하는 걸 미행하고 있었어!"

　"데데데데, 데이트 아니야! 어? 그거 데이트였어? 시모노 군?!"

　"아니에요."

　이런 분위기에서 맞다고 할 수 있을 리가 없다.

　그런데 나오 녀석. 추궁당하는 쪽에서 아무렇지도 않게 대답하니까 추궁하는 쪽은 더 이상 아무런 말도 할 수 없게 되어버렸잖아. 이 녀석의 이런 구석은 정말 무시무시하다.

　"그러는 두 사람이야말로 그런 곳에서 뭐 하고 있었어?"

　봐, 금방 입장이 역전되었지. 우리가 추궁당하는 쪽이 되었잖아. 하지만 나오처럼 순순히 자백할 수는 없다.

　"그, 그건……, 시모노 군, 자, 대답해줘."

　아, 이 사람, 치사하네! 나한테 전부 떠넘겼어! 상사 실격이야!

　"음……, 저, 저 건물 1층에 디저트가 맛있는 가게가 들어와서 갔던 거야."

　"어~? 왠지 회사라는 느낌이던데~. 그렇지? 오니키치."

　"그러게~, 그냥 회사 건물처럼 보였는데……, 뭐, 1층에 식당

171

이 있는 곳도 있으니까~."

오, 오니키치, 나이스 커버.

"오~, 둘이서 어른스러운 데이트를 했구나~."

"나오, 그러니까 데이트를 한 게 아니야. 데이트 아니지? 시모노 군."

왜 일일이 확인하는 거야.

"맞아, 맞아. 나오도 내가 엎드려서 사과한 거 봤지? 사과하는 의미로 식사를 한 거야."

"그걸 데이트라고 하는 거 아니야?"

""아니야!""

오늘은 과장님하고 한목소리로 말하는 상황이 많네.

아무튼, 약간 억지스러운 우리의 설득에 겨우 넘어간 건지 나오의 추궁은 거기서 끝났다. 과장님은 그 타이밍을 놓칠 수 없는 기회라고 여긴 건지 곧바로 화제를 돌렸다.

"나오, 저번에 가르쳐준 걷는 법은 할 수 있게 되었어?"

"걷는 법?"

나도 편승하듯이 과장님의 화제를 덥석 물었다. 아니, 그냥 궁금했다. 걷는 법이라니, 무슨 소리지?

"어제, 선거를 대비해서 걷는 법 연습을 좀 했어."

과장님이 그렇게 대답해 주었지만 전혀 감이 오지 않았다.

"역시 토우카야……, 런웨이라는 거지! 히어 위 맥스! 후아~!"

완전히 신이 난 오니키치에게 내가 곧바로 태클을 걸었다.

"런웨이는 무슨! 파리 컬렉션도 아니고!"

히어 위 맥스에는 태클을 걸지 않을 거다. 그것까지 따지면 끝이 없기 때문이다.

"오~, 타도코로 군, 감이 좋네. 머리가 꽤 잘 돌아가는구나."

어?! 진짜로?!

"그야 나는 토우카가 무슨 생각을 하는지 뻔히 보이니까. 마음이 서로 통한다는 증거지. 윙크."

윙크라고 입으로 말하지 마. 그리고 완벽한 윙크를 하지 마. 눈에서 분명히 톡톡 튀는 별이 보였다고.

"타도코로 군도 참, 바보 같은 소리 하지 마."

뭐야, 뭐야. 왠지 두 사람의 거리가 묘하게 가까워보이는데, 착각인가? 나는 답답해하며 질투를 느끼고는 약간 불쾌한 듯한 목소리로 과장님에게 물었다.

"런웨이라는 게 무슨 뜻이에요? 의미를 전혀 모르겠는데요. 확실하게 설명해 주세요."

과장님이 내 얼굴을 보았다. 표정은 알아볼 수가 없다. 이 아이는 타도코로 군하고 비교하면 이해력이 떨어지는구나, 그런 생각을 하고 있는 걸까.

"선거 당일에 연설을 할 때 대기하던 자리에서 무대 가운데에 있는 연단까지 가는 동안에도 유권자들이 보고 있잖아. 다시 말해 그곳은 런웨이지. 걸어가는 모습의 인상도 승부에 영향을 주니까."

패션쇼 런웨이를 걷는 모델들도 걷는 법을 연습하는 건 필수라고 한다. 자잘한 발의 위치, 각도, 움직이는 방식, 전부 퍼포

먼스의 일부다.

그게 선거에도 들어맞는다고 한다.

"그런데 모델처럼 걸어가면 이상하지 않나요?"

나는 토라진 어린애처럼 대답했다. 과장님이 말한 이론에 빈틈이 없다는 사실을 누구보다 잘 알고 있으면서도 어딘가 구멍이 있지 않을까 하며 발버둥 쳤다.

"모델처럼 걸으라는 말은 아무도 안 했어."

"그래, 나나찌. 아니, 나오에게 모델 워킹은 불가능하지."

"앗, 오니키치 이놈~, 너무해~! 에잇! 에잇! 슉! 슉!"

나오가 오니키치를 향해 반항의 펀치를 날렸다. 오니키치는 그걸 여유로운 미소를 지으며 피했다.

"애초에 나오는 등을 쭉 펴고 다니니까 원래 자세가 괜찮아. 인상 자체는 딱히 나쁘지 않거든."

"에헤헤~, 과장님한테 칭찬받았다아."

"하지만 설득력은 요만큼도 느껴지지 않아."

"데자뷔야~, 과장님~!"

"나오, 잠깐 저 분수까지 평소처럼 걸어가 봐."

"네~!"

기운차게 대답한 나오는 분수를 향해 걸어가기 시작했다. 말을 잘 듣네.

살랑살랑 몸을 귀엽게 흔들면서 걸어가는 나오. 딱히 이상한 건 없는 것 같은데……

"시모노 군, 나오의 걸음걸이를 보니 어때?"

"그게요, 뭐라고 해야 하나, 작은 동물 같네요. 물론 좋은 의미로."

좋은 의미로 그렇게 말하긴 했지만, 이것 또한 과장님이 말한 설득력과는 정반대 위치에 있는 건지도 모르겠다.

나오는 분수 앞에 도착하자 돌아서서 이쪽으로 돌아왔다.

"시모노 군이 말한 작은 동물 같은 걸음걸이는 그야말로 나오의 이미지를 결정짓고 있어. 기운차고 귀여운 인상."

그렇구나. 나오가 귀여우니까 작은 동물처럼 걷는 게 아니라, 작은 동물처럼 걸으니까 나오가 더 귀엽게 보이는 거구나. 걸음걸이 하나만으로 사람의 이미지가 바뀐다. 저번에 이야기가 나왔던 헤어스타일과 마찬가지다.

"그래도 자세는 괜찮고, 발을 움직이는 방식이나 손을 흔드는 방식도 그렇게 이상한 것 같진 않은데요."

"그래. 모델 워킹을 연습한다면 수정해야만 하는 부분이 잔뜩 있겠지만, 자연스러운 걸음걸이로 따지면 거의 100점이야."

"그럼 어떻게 해야 하죠?"

어떻게 하면 작은 동물이라는 인상을 바꿀 수 있지? 먼저 대답한 사람은 오니키치였다.

"스피드야! 고고 헤븐이라고, 나나찌!"

고고 헤븐이 뭔데! 천국에 가서 어쩌게…… 너무 빨라서 하늘까지 가버린다는 건가? 이 녀석, 아재 개그 같은 말을 꽤 자주하네. 의외로 이렇게 뻔한 캐릭터가 여자들에게 인기가 좋나? 일단 메모해두자.

아니, 그런 건 됐고.

"스피드라면 걸음걸이가 얼마나 빠른지 말이야?"

"헤이~, 헤이~, 나나찌 이제 알겠나 보네! 맞지? 토우카!"

그렇게 토우카라고 부르지 마! 카미조 선배라고 불러! 선배라는 말을 붙이더라도 이름으로 부르는 건 용서 못 해! 카미조 선배라고 불러야지!

"역시 타도코로 군이구나."

"오니키치라고 불러야지? 토우카."

대체 뭐야? 죽인다, 진짜. 넘버원 호스트, 너무 강하지 않나? 나오가 멘탈 강철 타입이라면 이 녀석은 멘탈 드래곤 타입이다. 악귀(오니)인데다 용이니, 강할 만도 하겠어.

"……오니키치 군이 한 말이 맞아."

아! 과장님이 순순히 따르네! 그렇게 고집이 센 과장님이?! 이게 넘버원 호스트의 실력인가?! 이런, 집에 가고 싶다. 집에 가서 소셜 게임을 하고 싶어. 그런데 스마트폰이 없어서 못해. 나는 어떻게 해야 하지? 과장님하고 오니키치가 점점 사이좋게 지내게 된다. 혹시 과장님도 몇 주 뒤에는 호스트에게 푹 빠진 고수입 회사원처럼 되나……?

"시모노 군, 듣고 있어?"

"어, 아, 네, 죄송합니다. 음, 걷는 속도 이야기였죠."

설령 과장님 마음속에서 오니키치의 호감도가 올라간다 해도 내 호감도를 떨어뜨릴 수는 없다. 상대적으로 차이가 더 벌어질 뿐이다. 확실하게 이해하고 있다는 어필을 해야지.

"그래, 걷는 속도. 나오가 걷는 속도는 보통 사람들보다 조금 빠르거든. 그에 비례해서 보폭하고 손을 흔드는 감각이 짧아서 전체적으로 작게 보여."

"그래서 작은 동물처럼 보이는 거구나⋯⋯."

"몸의 움직임이 빠르면 작게 보일 뿐만이 아니라 정신없게 느껴지기도 하니까 여유가 없는 것처럼 보이기도 하거든."

"그렇구나, 그래서 설득력이 떨어진다고."

자세가 좋으니 아깝다.

"그러니까 동작을 천천히 하기만 해도 인상이 꽤 많이 바뀔 거야. 나오, 이번에는 어제 가르쳐준 대로 천천히 걷는 걸 의식해서 분수까지 걸어가 볼래?"

"알겠습니다~!"

나오가 걸어가기 시작했다.

좀 전보다 천천히, 천천히, 한 발짝, 한 발짝 내디디며 걷는다.

오오, 멋지다. 폼이 제대로 나네.

"내 말 맞지?"

과장님이 내게 윙크를 했다. 오니키치와는 달리 별이 아니라 하트가 날아올 것 같을 정도로 귀여운 윙크다.

"대단하네요, 과장님."

"나오도 연습해왔구나. 어제보다 훨씬 그럴싸해."

"에헤헤~, 열심히 했어~."

역시 과장님은 대단하다. 뭐가 대단하냐면, 다들 눈치챌 것 같으면서도 아무도 눈치채지 못하는 점에 주목하는 점이다.

나는 준비 기간 동안 계속 어떻게 나오를 선전할지, 그런 부분만 생각하고 있었다.

하지만 과장님은 나오의 매력을 이끌어내기 위한 프로듀스를 다양한 각도로 모색하고 있다. 과장님의 프레젠테이션 능력이나 경험도 한몫을 하고 있을 것이다. 하지만 그 근본에 있는 것은 일과 진심으로 마주 보고 있는지 여부다.

과장님은 언제나 대충하지 않는다. 승진해서 권력을 쥐게 된 이후로도 한 가지 일에 대한 열량은 우리 같은 말단과 마찬가지……, 아니, 그 이상이다. 그러니 다들 이 사람을 따라가는 것이다.

나는 그녀를 새삼 존경하게 되었다. 카미조 토우카의 부하가 될 수 있어서 나는 행복하다.

"과장님~, 조금 더 연습해보고 싶은데, 봐줄 수 있어?"

"물론이지!"

내 소꿉친구도 그에 못지 않게 존경할 만한 여자애다.

◆

"응, 완벽하네! 당일에도 그런 느낌으로 열심히 해, 나오."

"알겠습니다, 과장님~!"

과장님이 합격 사인을 내주자 나오의 워킹 연습은 끝을 맞이했다.

시간은 15시 정도. 이러쿵저러쿵 한 시간 정도는 연습한 건가?

지친 기색을 전혀 드러내지 않고 끝까지 해낸 소꿉친구를 칭찬해주고 싶다.

"너희 둘도 고생했어. 같이 있어줘서 고마워."

"아뇨, 아뇨. 오히려 과장님에게 전부 떠넘기게 되어버려서 죄송하네요."

"그러고 보니 나나찌는 왜 토우카를 과장님이라고 부르는 거야?"

네가 과장님을 토우카라고 부르는 게 더 이상하거든?

"진짜 그렇지~, 오니키치 군. 나나야 군은 왜 나를 과장님이라고 부르는 걸까~. 이상하지~. 토우카라고 불러야겠지~."

과장님의 스위치가 켰다. 골치 아프네.

"나오도 과장님이라고 부르잖아요."

"나는 나나야를 따라 하는 거야~."

곧바로 내가 불리해질 말을 하지 말라고.

"과장님은 과장님이니까, 과장님이라고 부르면 된다고요."

"무슨 말인지 알 수가 없네~. 토우카는 전혀 알 수가 없어~."

"진짜 귀찮게 구네, 이 사람."

"방금 뭐라고 했어?"

"죄송합니다! 과장님! 너무 까불었네요!"

애초에 소꿉친구도 아닌데 여자애를 이름으로 부를 수 있겠냐고. 창피하잖아. 나는 호스트가 아니라고.

"왠지 나나찌랑 토우카는 회사의 상사하고 부하 같네. 재미있어."

나와 과장님은 동시에 오니키치에게서 눈을 돌렸다.

"아, 그러고 보니 나나야, 추천 연설 잘 부탁해."

"어?"

나오가 타이밍 좋게 화제를 돌려준 건 고맙긴 한데, 추천 연설이라는 건 선거 당일에 하는 연설이잖아.

"어?는 무슨. 나나야가 응원회장이잖아."

그렇긴 한데, 추천 연설 같은 건 전혀 생각하지 못하고 있었으니까.

"나는 연설 같은 건 잘 못하니까 힘들 것 같은데."

"어~, 잘 못한다면 부탁하고 싶지 않은데."

"그렇게 말하니 왠지 열받네! 아니, 추천 연설이라면 나보다 더 잘 맞는 사람이 있잖아?"

나오는 내가 하고 싶은 말을 이해한 모양인지 아아, 하며 손뼉을 쳤다.

나와 나오, 그리고 덤으로 오니키치도 일제히 과장님의 얼굴을 보았다.

"어? 나? 그래도 보통은 회장이 하는 거 아니야?"

"공식적으로 회장이라고 신청서를 낸 것도 아니고, 응원회 멤버라면 누가 하더라도 괜찮아요."

"뭐……, 그야 그럴지도 모르겠지만……, 내가 해도 괜찮으려나."

"무슨 말씀 하시는 거예요, 과장님이 안 하면 누가 한다고요."

"맞아, 과장님~! 먼저 나나야에게 부탁했던 내가 부끄러울 정도라고!"

"야, 너, 아까부터 말이 너무 심하잖아!"

"후후후, 알겠어! 내가 나오를 학생회장으로 만들어줄게!"

"오! 역시 과장님!"

"잘 부탁해! 과장님!"

나는 11년 전의 선거를 떠올렸다. 과장님의 연설은 대단했다. 문제 제기부터 완벽한 개선안. 억양을 잘 살려서 듣기 편한 연설은 마치 산소가 오가는 것처럼 뇌에 스르륵 입력되었다. 전교 학생이 과장님의 입에서 나오는 한 마디 한 마디에 사로잡혔다.

형태는 다르지만 과장님의 전설적인 연설을 다시 들을 수 있게 되자 나는 가슴이 설렜다.

과장님이 진가를 발휘하게 되는 것이다.

이야기가 정리된 뒤 우리는 공원을 나서서 집에 가기로 했다.

먼저 과장님과 나오를 데려다준 다음, 나는 오니키치와 둘이서 집으로 돌아가고 있었다.

"고마워, 오니키치. 이러쿵저러쿵해도 과장님하고 화해할 수 있었어."

"섭섭하잖아, 나나찌. 우리는 친구라고! 우정 맥스, 예아!"

이 녀석은 그런 말을 전혀 부끄러워하지도 않고 하네. 지금도, 예전에도, 미래에도 변함없이 좋은 친구다.

"그건 그렇고 나나찌, 저번에 6반 타츠키하고 싸웠다면서?"

"응? 아, 나라고 해야 하나, 과장님이 싸웠지. 그 녀석이니까 뭔가 보복이라도 할 것 같아서 걱정했는데, 지금까지는 아무 짓

181

도 안 하네."

"나오도 제대로 봐줘라."

오니키치가 멈춰서서 진지한 표정을 지었다.

"나오?"

"어라, 못 들었어?"

"나오하고 타츠키 사이에 또 무슨 일이 있었어?"

"……아니, 나오 본인에게 못 들은 거면 내가 말할 순 없지. 그리고 본인에게도 물어보지 마. 동정 군은 소녀의 마음에 둔하니까."

"아, 너까지 그런 소릴!"

"히히히, 뭐, 여자 때문에 곤란해지면 언제든 내게 말하라고. 어떻게든 해줄 테니까."

"그렇게 되지 않게끔 노력할게."

그리고 내게는 연애 멘탈리스트 Yuito가 있거든. 걱정하지 않아도 오니키치를 번거롭게 할 일은 없을 거야.

"그럼 집에 가자고, 나나찌! 히어 위, 히어 위, 히어 위 고~!"

"그래!"

마침 하늘도 붉게 물들었고, 남자들끼리의 청춘도 막을 내릴 시간이다.


◆


며칠이 지난 어느 날 밤.

"아……, 우유가 다 떨어졌네."

냉장고를 열어보고 눈치챘다. 최근 한동안은 선거 준비를 하느라 바빠서 장을 보러 가지도 못했다.

나는 부엌에서 거실에 있는 시계를 들여다보았다. 21시라……. 근처 슈퍼는 문을 닫았겠지만 편의점은 비싸고……, 어쩔 수 없지, 좀 멀리 나갔다 올까.

나는 조용히 현관으로 가서 살며시~, 밖으로 나왔다.

21시면 코후유가 이미 잘 시간이다. 요즘 애들과 비교하면 자는 시간이 좀 이른 건지도 모르겠지만, 우리 여동생은 규칙적인 생활을 한다. 귀여운 구석도 있지?

나는 자전거를 타고 역 앞 방향으로 페달을 밟았다.

밤길을 달리며 하품 한 번. 요즘 피로가 쌓인 것 같다.

타임 리프한 직후는 회사에 가지 않아도 된다는 게 기뻤는데, 고등학교 생활도 다시 해보니 즐겁기만 한 건 아니었다. 오늘은 한 주의 중간, 수요일이다. 내일도 학교에 가야 하니 얼른 장을 봐 온 다음에 나도 일찍 자야겠다.

한동안 자전거를 타고 가서 10분 정도 만에 역 앞 상점가에 도착했다. 여기에는 24시간 문을 여는 대형 슈퍼가 있다. 나는 자전거에서 내려서 슈퍼가 있는 쪽으로 걸어가기 시작했다.

자전거를 손으로 끌면서 늘어서 있던 가게를 별생각 없이 바라보고 있다가 문득 카페 앞에서 멈춰 섰다.

"으응?"

창문 너머로 가게 안을 자세히 들여보았다.

안쪽에 낯익은 뒤통수가 보이는데…….

교복을 입은 채 테이블에 엎드려 있는 여고생 한 명. 가늘고 길고 찰랑찰랑한 검은 머리카락이다.

나는 설마 하는 생각에 자전거를 세워두고 가게 안으로 들어갔다.

"역시나."

과장님이 혼자서 자고 있었다.

테이블 위를 보니 컵에는 커피가 아직 절반 정도 남아있었다. 이미 완전히 식어버렸을 것 같다.

"내 말을 듣고 제대로 반성해서 학생들이 올 만한 카페에 와 있는 게 과장님답네."

잠든 과장님의 팔 아래에는 A4 용지가 다섯 장 정도 겹쳐진 채 놓여있었다. 연설 원고다. 빽빽하게 적힌 문장에는 고친 부분과 주석이 잔뜩 들어가 있다.

이런 시간까지 혼자 준비하고 있던 건가.

나는 과장님이 깨지 않게끔 조용히 맞은편 자리에 앉았다.

잠든 얼굴이 예쁘다.

분홍색 입술에서 새근, 새근, 숨결이 살짝 새어 나오고 있다.

과장님이 제일 잘할 것 같다면서 연설을 간단히 맡겨버렸지만, 그녀가 실력이 좋은 건 항상 이렇게 남몰래 하는 노력 때문이라는 사실을 잊고 있었다. 면목이 없다.

진짜 이 사람은 당해낼 수가 없네…….

"과장님이라고……, 부르지 마아……, 음냐음냐."

나는 꿈속에서도 혼나고 있는 건가? 과장님의 잠꼬대를 들은 나는 무심코 웃음을 터뜨려 버렸다.

그리고 그녀의 머리에 부드럽게 손을 얹었다.

"고생하셨어요, 토우카 씨."

조용히 쓰다듬자 과장님의 머리가 움찔거리며 움직였다.

"으음……."

이런, 깼나.

나는 곧바로 손을 치웠다.

"어라……? 시모노 군……, 잔업해? 신청받았던가?"

"무슨 잠꼬대를 하시는 거예요, 과장님. 지금은 고등학생이라고요."

"응…… 아, 그랬지……, 아니, 어라? 시모노 군?!"

"잠든 과장님이 보이길래 잠깐 지켜보고 있었죠."

"어, 어, 어! 자, 잠깐, 자다 깬 얼굴 보지 마!"

"괜찮아요, 충분히 귀여우니까."

"시끄러워, 바보야!"

이 사람은 초조해지면 금방 폭언을 내뱉네. 그런 부분이 귀엽기도 하지만.

"이런 곳에서 주무시면 몸에 안 좋아요. 이제 시간도 늦었으니 오늘은 이만하시고 집에 가시죠."

"그, 그래. 아니, 시모노 군은 왜 여기 있어?"

"아, 그랬지. 우유가 다 떨어져서 사러 나온 거예요. 저는 슈퍼에 들렀다 갈 건데, 과장님 혼자서 가실 수 있나요?"

"어린애도 아니고, 혼자 갈 수 있어. 아, 그래도 나나야 군이 쓸쓸하다고 하면 누나가 슈퍼까지 같이 가줄 수도 있는데~."

"네, 네. 카페에서 잠들 정도로 피곤하실 테니 얼른 가서 이불 덮고 주무세요."

"흥, 아, 그래. 그럼 갈게."

그렇게 말하며 연설 원고와 필기도구를 가방에 집어넣는 과장님. 커피 컵은 내가 나중에 반납할 테니 그냥 놔둬도 된다고 과장님에게 말했다.

준비를 마쳤는지, 과장님이 일어섰다.

"교복을 입었으니까 비행 청소년 취급당하지 않게 조심하세요. 지금 과장님은 고등학생이니까."

"나도 알아. 당신, 타임 리프한 뒤로 나를 약간 바보 취급하기 시작한 거 아니야?"

"상사에게 그럴 순 없죠. 아하하, 그래도 회사를 다닐 때보다는 과장님하고 사이좋게 지내게 된 것 같긴 하네요."

"~~윽! 부, 부하가 건방진 소리 하지 말라고!"

얼굴을 새빨갛게 물들인 과장님은 나와 눈도 마주치지 않고 재빨리 집에 가버렸다.

"부하……라……."

외모는 고등학생이지만, 역시 '과장님'인 카미조 토우카에게 나는 어디까지나 '부하'인 시모노 군이란 말이지.

모처럼 신이 다시 시작할 기회를 주었는데, 결국 나는 뭘 하고 있는 걸까.

나는 한숨을 쉰 다음 커피 컵만 쓸쓸하게 남은 테이블에 팔꿈치를 댔다.

"한숨을 쉬면 행복이 도망친다는 말을 자주 하는데, 과학적으로는 자율신경 조절에 효과적이라네, 소년."

내 눈앞으로 트레이를 든 청년이 다가와서 말했다. 엄청 시원스러운 향기가 나는 훈남이다. 터틀넥 스웨터에 까만 스키니. 대학생 정도 되려나? 동안인 나와는 대조적으로 어른스러운 느낌이다.

그런 청년을 내가 의아하게 바라보고 있자니 그는 하얀 이빨을 드러내며 계속 말했다.

"자네, 좀 전까지 같이 있던 여자애를 좋아하지?"

"네?! 가, 갑자기 무슨."

"그녀를 볼 때 안구의 움직임, 손의 위치, 말하는 속도, 그것들을 보고 나는 종합적으로 그렇게 판단했는데, 아닌가?"

"아니, 그건……, 뭐, 맞긴 한데요."

나는 왜 처음 보는 남자에게 쉽사리 대답해버리고 있는 걸까. 하지만 그가 뿜어내고 있는 신기한 오라 때문에 무심코 입이 멋대로 움직여버린다.

"자신이 없구나. 그 애와 어울릴지."

"……!"

"그래서 그 애가 보이는 호의를 믿을 수가 없는 거야. 아니, 그렇다기보다는 자신의 판단을 믿을 수가 없는 건가?"

대, 대체 뭐야, 이 남자. 아무런 대꾸도 할 수가 없다.

"그런 길 잃은 어린양 같은 자네에게 조언을 한 가지 해주지."

"조언……?"

"부정적인 건 의외로 나쁜 것만은 아니야. 겸손함은 자상한 남자의 특징이지. 자네는 아마 친절하고 자상한 남자일 거야."

"과연 그럴까요……, 싸우는 건 싫지만, 그게 자상한 건지 물어본다면 자신 있게 말할 수가 없어요."

"봐, 매우 겸손하지. 그러면 된다네. 너무 자상한 남자는 인기가 없다는 말을 자주 하곤 하는데, 그건 단기적인 연애에서만 그런 거야. 단기적으로 보면 외모가 잘생겼거나 어느 정도 성격이 강한 남자가 더 인기가 많긴 하지. 하지만 장기적인 연애에서는 친절한 남자, 다시 말해 자네 같은 겸손하고 자상한 남자가 압도적으로 인기가 많거든. 그러니 자네가 정말로 아까 그 여자애를 함락시키고 싶다면 끈기 있게 자신을 있는 그대로 유지하기만 하면 돼."

"네, 네에. 감사합니다."

"별말씀을."

청년이 엄청 멋진 훈남 스마일을 보여주었다. 너무 시원스러운 느낌이라 나도 반해버릴 것 같다.

"저기……, 어째서 알지도 못하는 저 같은 녀석에게 그런 이야기를 하시나요?"

"나는 자네처럼 고민하는 새끼 양을 보면 나도 모르게 구원해주고 싶어지거든. 조만간 그런 일을 할 수 있게 되면 좋겠다고 생각하지."

"오오, 열심히 해주세요."

"고맙네. 자네야말로 열심히 하게."

훈남은 그렇게 말한 다음 들고 있던 트레이를 반납하는 곳으로 들고 갔다. 그리고 떠나갈 때 다시 돌아서서 내 얼굴을 보았다.

"그래, 그래, 마지막으로 한 가지만 더. 싸우는 걸 피한다는 자네의 위기 관리 태도는 논리적으로 매우 바람직해. 하지만 가끔은 감정에 몸을 맡기고 여자를 위해 싸우는 것도 나쁘지 않아. 남자는 한 방 날려야 할 때가 있지. 이것만은 과학적인 근거고 뭐고 없는 이야기지만. 내가 개인적으로 남자로서 해주는 조언이야. 그럼, 좋은 연애 하게나."

그는 곧바로 가게 출구로 향했다. 계속 기다리고 있었는지 멋을 부린 여자가 출구 앞에서 맞이해 주었다.

"정말, 늦었잖아, 유이토. 뭐 하고 있었어~."

"아하하, 미안, 미안. 자, 가자."

딸랑딸랑, 종을 울리며 가게를 떠나는 두 사람.

나는 두 손을 뒤통수에 대고 그가 한 말을 머릿속으로 복창했다. 신기한 청년이었다.

내 모든 것을 들여다보고 있었던 것 같다. 그러면서도 지금 내가 무엇을 해야 할지 가르쳐준 것 같다는 느낌이 들었다.

그건 그렇고, 어디선가 본 적이 있는 얼굴이었는데. 목소리도 들은 적이 있는 것 같고…….

응……? 아까 그 여자가 그 남자를 뭐라고 불렀지……?

설마……?!

나는 커피 컵을 반납하는 곳에 가져다 두고는 급하게 가게를 나와 주위를 둘러보았다.

하지만 그의 모습은 보이지 않았다.

그래도 나는 고개를 크게 숙였다. 보이지 않는 그의 뒷모습을 향해.

"감사합니다! 연애 멘탈리스트 Yuito 선생님!"

저는 반드시 과장님 옆에 서기에 어울리는 남자가 되겠어요!

그날 밤, 집에 와서 마신 우유는 각별한 맛이었다.

# 카미조 토우카의
# 모닝 루틴

## 사회인 시절 휴일편

| AM 05:30 | 기상 & 양치질 |
|---|---|
| AM 05:40 | 자작 플레이 리스트 '연애 응원 노래 10대 편'을 들으며 조깅하러 출발 |
| AM 06:15 | 자작 플레이 리스트 '연애 응원 노래 20대 편'을 들으며 계속 조깅 |
| AM 06:40 | 집에 온 다음, 샤워 & 반신욕 |
| AM 07:00 | 반신욕을 하면서 동영상 사이트에서 연애 리얼리티 프로그램을 시청 |
| AM 07:30 | 머리를 말린 다음, 아침 식사 & 방금 본 프로그램에서 얻은 연애 기술을 노트에 정리한다 |
| AM 08:00 | 시모노의 트위터 체크(거의 갱신 없음) |
| AM 08:03 | 시모노의 인스타 체크(거의 갱신 없음) |
| AM 08:05 | 시모노에게서 라인이 오지 않았는지 대화방을 열어본다(일 말고는 연락이 온 적이 없다) |
| AM 08:07 | 부하 여자 사원에게 빌린 이번 주 추천 연애 만화 1권을 읽는다 |
| AM 08:30 | 만화 어플로 뒷 내용을 찾아본다 |
| AM 09:35 | 과금해서 포인트 구입 |
| AM 09:50 | 더 과금해서 포인트 구입 & 만화로 얻은 연애 기술을 노트에 정리한다 |
| AM 09:55 | 시모노에게서 라인이 오지 않았는지 대화방을 열어본다(두 번째) |
| AM 10:00 | 핫 요가를 하러 갈 준비 & 출발 |

## 제5장 | 역시 호감을 드러내고 싶은 카미조 토우카의 타임 리프 일기 2

"아~, 젠장~, 시모노 나나야, 이 자식~!"

나는 카페에서 집으로 온 다음, 침대 위에서 베개에 얼굴을 파묻은 채 날뛰고 있었다.

"까불지 마! 까불지 마! 까불지 마!"

반칙이다. 그런 건 당연히 반칙이다.

잠든 여자 머리를 쓰다듬어놓고, 응? 뭐야.

"응? '고생하셨어요, 토우카 씨'가 뭐야! 가슴이 쿵쿵해버리잖아!"

내가 자고 있긴 했다. 나도 모르게 꾸벅꾸벅 졸다가 잠깐 테이블에 엎드려서 자버렸다. 하지만 푹 잔 건 아니었다.

렘수면. 다시 말해 살짝 잠든 상태였다.

머리에 손을 얹었을 때 뇌가 반쯤 깨어났고, 목소리를 들으면 그게 시모노 군의 목소리라는 것 정도는 이해할 수 있다.

그 순간은 진짜로 잠꼬대를 해버렸지만, 집에 와서 잘 생각해보니 그 녀석이 터무니없는 말을 했잖아.

대체 뭐냐고. 슬쩍슬쩍 사복 차림이 귀엽다거나, 머리카락이 예쁘다거나, 천연 바람둥이냐고! 분명히 자각하지 못할 거야! 그 남자!

자각 같은 걸 하고 있을 리가 없다.

타임 리프한 뒤로 아무리 약삭빠르게 호감을 드러내도 돌아봐 주지 않는 녀석이 자각하고 있겠냐고.

내가 얼마나 갈등하다가 부끄럽지만 힘을 내서 어택한 건데. 그렇게 반응이 약하면 평범한 여자애는 피를 토하고 하수도에 곤두박질쳤을 거야. 아무리 나라도 이제 마음이 꺾여버릴 것 같 아. 스스로 해내겠다고 결심한 건 중간에 포기한 적이 없는 내 가 처음으로 좌절할 뻔하고 있다.

그런데 아까 그런 짓을 하다니.

그 남자……, 괜히 사무원 주부분들에게 인기가 많은 게 아니 었구나.

나는 침대에서 몸을 일으킨 다음 한숨을 쉬었다.

뭐가 문제인 걸까.

그렇게 갑자기 그런 짓을 하면 의식적으로 호감을 드러내려 할 때와는 달리 나도 모르게 차갑게 대해버린다.

역시 그런 부분이 문제인 건가?

인기가 많은 여자는 칭찬받았을 때도 귀엽게 대답하겠지.

그게 원래 귀여운 여자와 나처럼 의도적으로 귀엽게 보이려 하 는 여자의 차이인 거겠지. 으으……, 나는 귀엽지 않은 여자야.

저번 코후유의 생일 파티 때도 그랬다.

그렇게 축하해주어야 할 자리에서 나는 혼자 삐지고, 토라지 고, 최악이다.

그래도, 그래도, 그래도, 충격을 받았으니까.

시모노 군이 언젠가 말해줬던 신혼부부 같다는 말. 그야 나도 진심으로 그렇게 생각하면서 한 말일 거라고 바보 같은 착각을 하진 않았지.

그래도 농담이었으니까 마음에 담아두지 마라, 그렇게 말할 필요는 없잖아. 나도 알아, 나도 안다고. 농담이라는 건 나도 알……, 농담이었냐고~! 아아아아! 농담이었어~?! 아아아아, 지금 생각해봐도 너무 서글퍼서 눈물이 나! 그날부터 몇 번이나 신혼여행은 어디로 갈까, 그런 망상을 했는데~!! 그리고 내 혼신의 신혼 농담 받아치기를 그렇게 쉽사리 흘려버리면 멍해질 수밖에 없지!

그래도 괜찮아.

오늘 쓰다듬어줬으니까.

쌤쌤이야, 쌤쌤.

왠지 아까 잠들어버려서 그런지 잠이 안 온다.

나는 침대에서 일어나 파카를 걸쳤다.

어른이 될 때까지는 술을 먹지 않으려고 했는데, 지금은 먹고 싶은 기분이다.

편의점에 가서 논 알코올 맥주라도 사 올까. 논 알코올도 고등학생은 못 사는 것 같지만, 사복이라면 들키지 않겠지. 아무래도 나는 열일곱 살 때도 여고생으로 보이지 않는 것 같으니까.

가방에서 지갑만 꺼낸 다음, 나는 곧바로 방에서 나와 현관으로 향했다.

현관 앞에 앉아 운동화를 신고 있자니 문이 철컥 열렸다.

"다녀왔어."

다섯 살 많은 오빠가 집에 왔다.

"어서 와."

"뭐야, 토우카, 지금 나가게? 벌써 22시가 지났는데."

자기도 이렇게 늦게 와놓고 말은 잘하네. 어차피 또 여자애하고 데이트라도 했겠지.

"잠깐 편의점에 갔다 올 뿐이야."

"그렇구나. 뭐, 조심히 다녀와."

오빠가 내 머리에 손을 툭, 올려놓았다.

"아~! 잠깐! 오빠!!"

"응? 왜 그래."

진짜~, 최악! 시모노 군이 쓰다듬어준 머리가 불과 한 시간 만에 덮어쓰기 당했어! 게다가 오빠에게! 열받아~!

"진짜……, 됐어어."

진짜로 눈물이 난다. 나는 반쯤 울상을 지으며 운동화 끈을 다 묶은 다음 일어섰다.

"기분이 별로 안 좋은 모양이네."

"시끄러워. 아, 오빠……, 남자가 여자 머리를, 저기……, 쓰다듬거나 할 때는 어떤 마음으로 그러는 거야? 그런 거 잘 알잖아."

"아, 그렇구나, 그런 거였어. 남자가 여자 머리를 쓰다듬는 거 말이지. 좋아하는 남자가 그렇게 해줬니?"

"뭐, 뭐어?! 무슨 말인지 모르겠는데요~. 무슨 말씀이신지 통 이해가 안 되는데요~?"

"아하하, 토우카는 알아보기 쉽구나. 적어도 호의를 전혀 품지 않은 여자에게는 그러지 않으니까 기뻐해도 돼."

"아, 그래. 대답이 안 되는 것 같은데."

"그런데 그 소년의 고민은 기우였던 거로군. 아니, 오히려 더 힘들지도 모르지…….."

"뭘 그렇게 중얼거리고 있어?"

"아무것도 아니야. 그건 그렇고 여고생이 카페에서 잠들고 그러면 위험하잖아. 다음부터는 조심하도록 해."

"어?! 혹시 있었어?!"

"그럼, 너무 늦게 오지 말고."

"아, 잠깐만, 오빠! 잠깐, 바보 유이토!"

오빠는 내 목소리를 무시하고 느끼하게 한 손만 들어 올리고는 거실로 사라졌다.

나는 그 뒷모습을 바라보며 현관을 나섰다.

저 바보 오빠, 있었으면 깨워달라고. 진짜.

뭐, 그건 그렇고.

흐음~, 호의를 품지 않은 여자에게는 안 한다고.

흐음~. 뭐, 딱히 상관없지만. 흐음~.

조금 시원한 초여름 밤길.

혼자서 가로등 불빛을 받으며.

껑충껑충 뛰면서 편의점으로 향했다.

◆

편의점을 나선 나는 집으로 가지 않고 곧바로 근처에 있는 공원에 와 있었다.

벤치에 앉아 봉투에서 논 알코올 맥주를 꺼냈다.

눈앞에는 이 공원의 상징인 커다란 연못이 있다. 연못 주위에는 큼직하게 한 바퀴 돌 수 있게끔 런닝 코스도 마련되어 있어서 가끔씩 조깅하는 사람들이 내 앞을 지나갔다.

연못에서 들리는 개구리들의 합창을 안주 삼아 나는 논 알코올 맥주를 시원스럽게 마셨다.

"푸하앗~! 역시 맥주지~."

아저씨 같을지도 모르겠지만, 시모노 군이 보고 있는 것도 아니고 알코올도 없으니 아무도 뭐라고 하진 않겠지.

논 알코올이라고 해도 의외로 기분만으로 취할 수 있구나. 기분 좋다.

모처럼 나왔으니까, 하고 공원에 오길 잘했다. 가끔은 야외에서 혼술하는 것도 나쁘지 않아.

내가 다시 맥주에 입을 대자 커플이 눈앞을 가로질렀다. 둘 다 20대 초반인 것 같다. 꽤 큰 공원이라 집에 가는 길에 지름길로 이용하는 사람도 많다.

"저기, 저기, 탓 군은 내 어디가 좋아~?"

"미호의 어떤 부분이 좋냐고? 글쎄, 어떤 부분일까?"

애송이가. 돌풍에 날아가서 저기 있는 연못에 빠져라.

"어~, 모르겠어~. 나는 못생겼고~, 성격도 안 좋고~, 머리도 나쁘고~."

그게 사실이라면 남자는 지금 당장 헤어지는 게 낫겠지.

"그렇게 겸손한 부분이야. 좋아해, 미호."

뭐어? 멍청아! 바보야! 멍청아! 멍청아! 어디가 겸손하다고! 책 읽어! 책을 읽고 글쓴이의 심정을 헤아리는 독해력을 기르라고!

"정말~, 나도 탓 군이 좋아."

결국 처음부터 그 말을 하고 싶었을 뿐이잖아! 번거롭다고! 결론은 처음부터 말해! 논문의 철칙이잖아!

"저기, 탓 군, 왠지 저 아이가 이쪽을 보는 것 같은데?"

"내버려 둬, 이런 시간에 혼자 공원에 있는 녀석하고 엮이지 않는 게 좋아."

뭐? 뭐? 뭐? 안 봤거든요. 당신들이 멋대로 내 시야에 들어왔을 뿐이거든요? 보이고 싶지 않으면 염장질을 하지 마! 그래, 내 결론은 염장질을 하지 마, 이거라고! 미안, 남에게 뭐라고 할 때가 아니었네! 나도 결론부터 말했어야 했어!

"왠지 노려보는데, 무서워~."

"자, 가자, 가."

가! 얼른 가! 지금 당장 가! 돌아보지도 말고 가!

"허억, 허억, 허억, 허억."

나는 떠나가는 두 사람의 뒷모습을 보고 숨을 헐떡이며 세 번째로 맥주를 입에 가져다 댔다.

눈 깜짝할 새에 캔에 들어있던 맥주가 절반으로 줄어든 상태였다.

잊자. 방금 본 건 잊어버리고 마음을 다잡으며 마시자.

"자, 잠깐만 기다려! 미호!"

"몰라! 탓 군 따위는 이제 몰라!"

아까 그 두 사람이 돌아서서 이쪽으로 돌아왔다.

어, 아니, 내 시야에서 사라졌던 몇 초 만에 무슨 일이 있었던 건데. 뭐, 꼴 좋다~. 다른 사람들 앞에서 염장질을 하니까 그렇지. 그렇게 사이가 좋았는데 몇 초만에 싸우다니, 어차피 젊은 이들의 연애는 그 정도겠지.

"그 녀석하고는 그냥 한 번 잤을 뿐이라니까. 그게 전부야!"

뭐?

"잠깐, 타츠야~. 그렇게 어린애 같은 여자는 내버려 두고 가자. 한 번이라고 거짓말하기는. 사실은 내 몸의 포로가 되어서 몇 번이나 안았던 주제에."

뒤쪽에서 한 명 더, 약간 어른스럽고 섹시한 여자가 나왔다.

뭐어?

"나는 탓 군하고 결혼할 생각이었는데. 이렇게 못생기고, 성격도 안 좋고, 머리도 나쁜 나하고 사귀어주는 탓 군이 정말 좋아서. 키스도 탓 군하고 처음 했는데."

야, 망할 타츠야! 미호를 울리지 말라고!

"아니, 그렇게까지 말하면 좀 부담스럽거든."

뭐어? 뭐어? 뭐어?

이 남자는 머리가 맛이 갔나. 애초에 여자친구 앞에서 다른 여자하고 잤다는 이야기를 당당하게 폭로하는 남자의 머리가 정상일 리가 없지!

"너무해……, 탓 군, 너무해."

그렇지! 미호, 그렇지! 너무하지! 그래, 헤어져! 아까는 미안해. 내가 오해했어. 미호는 귀엽고, 성격도 좋고, 괜찮은 여자야. 하지만 그런 남자에게 걸리다니 약간 바보였구나. 그러니까 헤어져버려. 괜찮아, 미호라면 금방 좋은 남자를 찾을 거야.

"뭐야~, 이 촌스러운 여자. 울기나 하고 기분 나쁘네~. 있지, 타츠야, 그런 건 내버려 두고 호텔이나 가자. 오늘은 잔뜩 기분 좋게 해줄게."

당신은 닥치고 있어! 지금 미호랑 타츠야가 이야기하고 있잖아!

"아~, 그렇지~. 이제 이 바보 같은 여자하고 사귀는 것도 질렸고. 이 녀석은 전혀 대주지도 않으니까 골치 아프다고 생각하던 참이었거든."

좋아, 두들겨 패자. 저는 지금부터 이 녀석을 두들겨 패겠습니다.

"어른의 교제라는 걸 모르는구나, 어린애. 자, 타츠야, 가자."

"그래, 그러자. 오늘은 재우지 않을 거야."

"아앙~."

"그럼 잘 가라, 미호. 이제 연락하지 마라."

나는 일어서서 떠나려 하는 두 사람의 뒷모습을 노려보며 오른쪽 발을 내디뎠다.

그냥 가게 둘 것 같냐! 한 방 때려줘야 속이 시원해지겠어!

"흐윽……, 흐으윽."

하지만 내 앞에서 주저앉아 울기 시작한 미호를 보고 멈춰
섰다.

밤에 공원에서 혼자 우는 여자를 어찌 내버려 둘 수 있을까.

저런 바보들에게 벌을 주는 것보다 먼저 해야 할 일이 있다.

나는 제자리에 주저앉아 울고 있던 미호에게 손수건을 내밀
었다.

"미호, 괜찮아?"

"…………아니, 누군데?"

응, 그런 반응이 정답이긴 하지.

◆

"자."

자판기에서 사 온 캔커피를 건넨 나는 벤치에 앉아 있던 미호
옆에 앉았다.

"고마워."

미호는 코를 훌쩍이면서 내 얼굴을 보고 웃었다. 이 아이는 정
말 귀엽네.

"좀 진정이 됐어?"

"응, 덕분에."

"그래, 다행이네. 당신 몇 살이야?"

나는 미호에게 물었다.

"스물두 살."

"그래."

대학생이려나. 스물두 살이라면 이미 일을 하고 있을지도 모르겠다.

"토우카는?"

좀 전에 자기소개를 하며 댄 이름을 부르며 미호가 내게 말했다.

"스물여덟 살이야."

……아차, 무심코 평소 버릇대로 진짜 나이를 말해버렸다. 나카가와 계장님에게는 대학생이라고 해도 통했지만, 아무리 그래도 스물여덟 살은 무리가 있을 텐데.

"연상이네에."

통했다! 그냥 통했다! 이 애는 역시 순진한 건가? 아니면 지금 내가 스물여덟 살로 보이는 거야?! 그건 그것대로 충격인데!

"뭐, 그런 남자는 잊어버려. 미호는 아직 젊으니까 좀 더 괜찮은 남자를 분명히 찾을 수 있을 거야."

"고마워, 토우카. 자상하네. 아까는 무섭다고 해서 미안해."

나도 나름대로 마음속으로 꽤 심한 매도를 퍼부었으니 오히려 사과하고 싶은 건 나다.

"신경 안 써. 이런 시간에 혼자 있는 여자가 무섭긴 할 테니까."

"토우카는 남자친구 없어? 엄청 미인이고, 고등학생으로 보일 정도로 동안이라 인기가 많을 것 같아."

아니, 고등학생으로 보였냐고.

"없어. 남자는 이상한 것들밖에 없어서 나는 잘 모르겠어."

"스물여덟 살이나 되었는데?"

이 아이, 역시 순진한 타입이구나. 자연스럽게 대미지를 입히네. 게다가 스물여덟 살이라는 걸 알고 난 뒤에도 여섯 살이나 연상인 사람에게 반말을 하고. 뭐, 그래도 엄밀하게 따지면 원래 이 사람이 다섯 살이나 연상인 거구나. 내가 존댓말을 써야겠네.

내가 거의 다 먹은 논 알코올 맥주를 입에 가져다 대자 미호가 곧바로 물어보았다.

"좋아하는 사람은 없어?"

"콜록, 콜록."

맥주가 기관지로 들어갔다.

"있구나~!"

미호가 기쁜 듯이 말했다.

"어, 없어."

"거짓말~. 토우카는 알아보기 쉬워~. 어떤 사람이야? 가르쳐줘, 가르쳐줘."

여자는 어째서 이렇게 연애 이야기를 좋아하는 걸까. 뭐, 이야기해도 상관없지만.

"어쩔 수 없네…… 허당이지만 미소가 귀엽고……, 엄청 자상한 사람. 자기 자신을 내팽개치고 다른 사람을 도와줘 버리는 순둥이야."

"오~! 토우카도 도와줘서 좋아하게 되었어?"

"뭐, 뭐……, 그런 느낌이지."

나는 방금 만난 여자애에게 왜 이렇게 나불나불 이야기를 하는 걸까. 창피해지기 시작했다.

"어떤 일이 있었는데?"

"비밀."

"어~, 그러지 말고 가르쳐줘~."

"싫어, 창피하잖아."

"쳇~."

나는 미호의 말을 듣고 그때 있었던 일을 떠올렸다.

처음 그를 의식했던 날.

그에게 사랑에 빠졌던 날.

11년 전, 선거 날.

무대에서 떨어진 내 아래에 깔려서 크게 다쳤는데도 그는 웃고 있었다.

아팠을 텐데. 괴로웠을 텐데. 식은땀이 흘러내릴 정도로 이마에 잔뜩 난 상태로.

그럼에도 불구하고 그는 웃으며 내게 말했다.


"무사해서 다행이다."


처음 남자를 멋있다고 생각했다.

이게 사랑이라는 것을 이해했다.

"당신에게도 분명히 언젠가 그런 사람이 나타날 거야."

당신처럼 순수한 사람은 신이 제대로 봐주고 있다가 상을 내려줄 거야.

"응? 토우카, 뭐라고 했어?"

"아무것도 아니야~."

남자의 마음 같은 건 정말 잘 모르겠다.

하지만, 아무리 모르겠어도 역시 나는 노력하겠다.

잘 풀리지 않는다고 해도, 좌절할 것 같더라도, 간단히 포기하는 건 내 인생에 실례다.

별이 예쁘고 조용한 하늘.

오랜만에 친구가 새로 생겨서 나는 매우 기분이 좋았다.


이렇게 멋진 밤에 마신 맥주는 각별한 맛이었다.

## 카미조 토우카의 비공개 mixi 일기　　　　【사회인 2년 차】

4월 20일 일요일

후오오오오오오오오옷!

시시시시시시!

시시시시시시시시시시시시시시!

시모노군이이이이이이!!

그, 시모노 나나야 군이 우리 회사에!! 그것도 우리 부서에!!

앗싸아아아아아아아아아(>_<).

이건 운명인 거죠? 신이시여(*^-^*), 러브♡

내일부터 일 열심히 해야지(｡·ω·｡)! 앗싸, 앗싸♪

어라, 그런데 시모노 군이 고등학교 이야기 같은 걸 전혀 안 했던 것 같은데…….

설마, 나를……, 기억 못 하는 건가(´·ω·`)?!

제6장 ┃ 어른들이 처음부터 다시 시작하고 싶은 것

Why is
my strict
boss
melted
by
me ?

맞이한 선거 당일.

날씨는 11년 전과 마찬가지로 맑음.

초여름 햇살이 눈부시게 퍼진 체육관으로 아마쿠사 미나미 고등학교의 전교생이 모여들었다.

입후보자와 우리 같은 응원회는 체육관 왼쪽 구석에 따로 자리가 마련되었기에 한 줄로 나란히 앉아 있었다.

학생회장에 입후보한 사람은 나오까지 포함해서 세 명. 나오말고는 둘 다 2학년이다.

응원회 멤버까지 포함하면 열 명 정도가 쭈욱 앉았고, 긴장감이 내 몸을 감쌌다.

오늘 여기서 응원회 대표의 추천 연설 및, 각 입후보자의 최종 연설이 진행된다. 연설을 마친 다음에는 곧바로 투표로 넘어간다.

나오는 최근 며칠 동안 이날을 위해 정말로 노력해 왔다.

학교가 끝나면 아르바이트도 해야 하는데 아침 일찍부터 전단지를 나누어주거나, 점심시간에는 교내 방송으로 표를 달라고 호소도 했다.

하지만 그건 나오뿐만이 아니라 입후보한 다른 두 사람도 마찬가지다. 여기 있는 모두의 노력이 보답받는 건 아니다.

그렇기 때문에 나와 과장님은 나오를 응원한다.

그녀의 친구 대표로서 지원한다.

조금이라도 나오의 당선이 현실에 가까워지게끔 모든 힘을 다할 뿐이다.

나오의 연설은 마지막 차례다. 마침 무대 위에서 첫 번째 연설이 끝났다.

선거 관리위원이 무대 위에서 바쁘게 움직이며 연단의 마이크를 조정했다. 그리고 두 번째 입후보자와 추천자가 우리 옆에서 일어섰다. 곧바로 첫 번째 입후보자와 스쳐 지나가며 단상 위로 올라갔다.

"꽤 괜찮은 연설이었지."

내 옆에서 과장님이 말했다.

무대를 진지한 눈빛으로 바라보고 있던 과장님은 긴장한 건지 무릎 위에 주먹을 쥔 채 올려놓고 있었다.

"그러게요."

내가 과장님에게 대답을 한 것과 동시에 체육관 안에 큰 박수 소리가 울려 퍼졌고, 두 번째 입후보자의 응원회 추천 연설이 시작되었다.

나는 무대를 보면서 11년 전을 떠올리고 있었다.

11년 전 오늘, 나는 저 무대 앞에 앉아 있었다.

거기에 천사가 떨어졌다.

지브리 애니메이션 같은 Boy Meets Girl의 시작이라고 하기에는 그다지 깔끔한 이야기는 아니었지만.

그때, 과장님은 무대에서 떨어졌고, 나는 사랑에 빠졌다.

가능하다면 그 만남을 새콤달콤한 청춘의 추억으로 만들고 싶지만, 그럴 수는 없다.

그건 일어나서는 안 되는 사고……, 아니, 사건이다.

그걸 일으킨 범인은 이번에도 무대 위에서 선거 관리위원으로서 무뚝뚝한 표정으로 대기하고 있다.

일을 하고 싶지 않은 거면 선거 관리위원회 같은 곳에 들어가지 않으면 될 텐데. 그런 생각이 들었는데, 이야기를 들어보니 타츠키네 반인 6반은 희망자가 없었는지 제비뽑기로 결정했다고 한다.

"왜 그래? 나나야. 무서운 표정 짓고 있네. 긴장되는 거면 가슴 만질래?"

"너는 진짜로 멘탈 강철 타입이구나. 긴장도 안 돼?"

"전혀. 왜냐하면 나나야하고 과장님이 있으니깐."

내 옆에서 이히히, 그렇게 웃는 나오. 귀여운 녀석 같으니.

그러고 보니 11년 전 나오는 혼자서 선거에 도전했다. 내게 응원회장을 부탁하지도 않았고, 추천 연설을 해주는 사람도 없었다.

하지만 이번에는 그렇지 않다.

이건 좋은 나비 효과다. 역시 승부는 혼자서 하는 것보다 동료와 함께 하는 게 더 낫다.

과장님의 완벽한 헤어 세팅으로 오늘 나오는 한층 더 예쁘다. 교복도 제대로 입은 걸 보니 그녀 나름대로의 각오가 엿보인다.

나오의 당당한 옆얼굴을 보고 나는 말했다.

"안심해. 우리가 있으니까."

"멋있네."

"그렇지? 가끔은 나도 멋진 모습을 보여주고 싶으니까."

으스대는 표정으로 나오의 얼굴을 보니 왠지 모르겠지만 고개를 숙인 채 얼굴을 빨갛게 물들이고 있었다.

"어? 부끄러워하는 거야?"

"에헤헤, 조금. 진짜로 멋있어서."

기뻐하는 건가? 과장님과는 달리 감정 표현을 알아보기 쉬운 녀석이다.

선거장은 두 번째 연설이 끝나자 박수 소리에 휩싸였다.

이제야 나오 차례다. 두 번째 입후보자가 무대에서 내려오는 걸 보고 나오가 일어섰다.

그리고 거기 맞춰서 **나도** 일어섰다.

"어라, 과장님이 하는 거 아니었어?"

"내가 말했지, 나도 멋진 모습을 보여주고 싶다고."

그럼, 기뻐해준 나오가 정말로 안심하고 오늘을 마칠 수 있게끔, 시모노 나나야, 한번 열심히 해볼까.

◆

무대 위로 올라간 나와 나오는 둘이서 연단 옆에 섰다.

시야에 들어온 많은 학생들의 눈이 내 심장을 쿵쿵, 두근거리게 만들고 있었다.

이런, 긴장해서 토할 것 같다.

아래에서 봤을 때는 그렇게까지 높은 것 같지 않았던 무대가 지금은 마치 서스펜스 드라마 마지막에 나오는 절벽 같다. 이렇게 높았나……?

선거 관리위원 중 진행 담당이 안내 멘트를 했다.

"그럼 우선 응원회 대표의 추천 연설이 있겠습니다. 부탁드립니다."

나는 침을 삼키고 마이크 앞으로 나섰다.

호흡이 서서히 짧아졌다.

생각해보니 27년 인생 동안 이렇게 다른 사람 앞에 나서는 경험은 한 적이 없었다.

아니, 내가 일부러 피해왔던 것 같다.

내가 이렇게까지 울렁증이 있었나?

떨리는 손으로 원고를 연단에 내려놓은 다음, 목소리를 냈다.

"아……, 나카츠가와 나오 양의 추천자, 시, 시모노 나나야입니다아."

키이이이이이이이이이잉, 마이크의 하울링 소리가 울려 퍼졌다.

목소리가 완전히 어긋나버렸다. 얼굴이 단숨에 뜨거워졌다.

학생들이 조용히, 소리도 내지 않고 나를 보고 있다.

항상 그랬듯이 지금 당장 집에 가서 소셜 게임을 하고 싶다 병에 걸릴 뻔했지만, 아슬아슬하게 의식을 다잡았다.

나오가 노력해온 것을 지금 물거품으로 만들 셈이냐.

도망치지 마라. 맞서라.

나는 시선을 내리깔면서 연설용 원고를 보았다.

과장님이 마련해준 원고.

몇 가지 수정 사항과 주석이 들어가 있는 원고.

늦은 시간까지 카페에 남아 생각한 원고.

나오를 위해 필사적으로 쓴 원고.

카미조 토우카의 모든 것이 가득 차 있는 원고.


떨림이 멎었다.


내게는 능력 있는 상사가 있다.

실수해도 그녀가 책임을 져줄 것이다.

그러니까 부하인 나는 그녀의 모든 것을 있는 힘껏, 모두에게 프레젠테이션하기만 하면 된다.

"우선, 제가 여러분께 전하고 싶은 것은 나카츠가와 양이──."

나는 자신 있게 원고를 읽었다.

나카츠가와 나오가 얼마나 매력적인 녀석인지.

겨우 5분 정도밖에 안 되는 연설로 그 모든 것을 요약해서 알기 쉽게 전달할 수 있을 정도로 완벽한 내용이었다.

아마 그런 내용에 부끄럽지 않을 정도로는 나도 말을 잘하지 않았을까.

그 증거로 체육관 안에 성대한 박수 소리가 울려 퍼졌다.

박수는 길게 이어졌고, 잠시 후 소리가 그치자 나는 고개를 숙여 인사한 다음 연단을 벗어났다.

그리고 나와 교대하려는 듯이 나오가 움직였다.

그때였다———.

갑자기 어떤 사람이 무대 위를 가로질렀다.

그리고 이동하려고 다리를 들어 올린 나오의 어깨를 그 사람이 밀치려 했다.

나는 그 손을 정확하게 잡아서 막았다.

"그렇겐 안 돼, 타츠키."

"……윽!"

나에게 팔을 잡힌 타츠키가 얼굴을 찡그리며 이쪽을 노려보았다.

"미안하군. 나는 네가 할 행동이 **뻔히 보이거든.**"

"무슨 소릴 하는 거야. 손 놓으라고, 이 천한 자식아."

체육관이 웅성거리기 시작했다.

그렇다고 해서 움직이려는 교사는 없었다. 진짜 어른들이 뭐 하는 건지.

"차인 분풀이치고는 너무 과격한 보복 아니야?"

"뭐? 누가 누구에게 차였다는 건데."

"그걸 굳이 들으려고 하다니, 너 M이냐? 네가 나오에게 차인 거지."

그렇다. 이 녀석은 나오에게 고백했고, 차인 다음 앙심을 품고 무대에서 나오를 밀쳐서 떨어뜨리려 했던 것이다. **11년 전과 마찬가지로.**

처음 눈치챈 사람은 과장님이었다.

오늘 아침. 선거 리허설을 하기 위해 모인 우리는 연단 위로 올라가는 순서를 확인하려고 실제로 똑같은 차례로 움직이고 있었다.

예정대로 나오와 과장님이 단상 위로 올라가서 연설을 할 위치 같은 것도 대충 확인했다. 그리고 리허설이 끝난 뒤, 과장님이 나를 불러냈다.

나오와 연설을 교대하게 되어서 생각난 모양이었다.

11년 전 타츠키가 밀쳐서 떨어졌을 때, 마침 그 순간에도 과장님은 다음 차례가 되어 단상으로 올라온 나오와 스쳐 지나갔다. 갑작스러워서 깜짝 놀라면서도 과장님은 확실히 보고 있었던 모양이다. 타츠키가 나오를 보고 있었다는 사실을.

밀치려고 했던 목표를 보지 않고 다른 녀석을 보았다고? 어째서…….

답은 과장님이 간단히 이끌어 내주었다.

"애초에 타츠키 군은 나오를 밀칠 생각이었던 거야."

과장님은 내게만 들리게끔 작은 목소리로 그렇게 말했다.

우연히 스쳐 지나가면서 나오와 과장님의 위치가 겹쳤고, 타이밍을 놓친 타츠키는 결과적으로 과장님을 밀치는 형태가 되어버렸다고 한다.

그렇다면 타츠키가 나오를 보고 있었다는 말도 납득이 되긴 한다.

그럼 타츠키는 어째서 나오를 노린 걸까……. 나는 11년 전에 퍼졌던 소문을 떠올렸다.

타츠키가 나오에게 차였다는 소문. 만약에 그것 때문에 앙심을 품었다면……

"그 소문……, 나도 들은 기억이 있어. 그 여자애가 나오였는 지는 잘 모르겠지만, 타츠키 군이 누군가에게 차였다는 소문 말이지. 걔라면 차인 분풀이로 충분히 그럴 수 있을 거야."

과장님이 고개를 끄덕였다. 내 기억으로는 차인 상대가 나오라는 것도 확실했기에 틀림없을 것이다. 과장님에게 주의를 받고 생긴 앙심이라는 이야기는 페이크였던 모양이다.

그리고 신경 쓰이는 게 한 가지 더.

오니키치가 '나오도 제대로 봐줘라'라고 말했던 것. 그건 오니키치의 경고였다. 아마 이번에도 타츠키는 나오에게 차였을 것이다.

그렇게 딱 잘라 말할 수 있게 된 건 코후유의 생일 파티 때 있었던 일 때문이다. 그때 나오가 뭘 의논하고 싶었는지 나는 그제야 이해할 수 있었다.

나오는 타츠키에게 고백받았던 것을 내게 털어놓고 싶었던 것이다.

나오는 그래 봬도 다른 사람들을 잘 배려해주는 편이다. 아마 타츠키의 고백을 무시하는 것에 죄책감을 느끼고 거절하지 못해서 고민하고 있었을 것이다.

그런 사실도 모르고 나는 의기양양하게 내 이야기를 늘어놓으면서 모르는 사이에 나오가 고백을 거절하게끔 떠밀었다. 나는 진짜 바보 같은 녀석이야.

차인 타츠키는 이번에도 앙심을 품고 나오에게 쓴맛을 보여주겠다고 생각할 게 분명하다. 나와 과장님은 확신했다. 증거는 11년 전의 기억만으로도 충분하다.

아무래도 우리는 나비 효과에 너무 휘둘리다가 중요한 것을 잊고 있었던 모양이다. 과거가 변하긴 했다. 하지만 근본적인 인간의 자질이나 인격은 그리 간단히 변하지 않는다.

나오가 위험하다고 생각한 과장님은 타츠키가 무대 위에서 움직임을 보이면 자기가 막겠다고 말했다.

물론 나는 과장님의 의견에 반대했다. 그렇게 위험한 역할을 과장님에게 시킬 수는 없다. 상대방은 뒷일을 생각하지 않는 남자다. 결과적으로 선택지는 하나. 내가 과장님 대신 연설을 맡고, 나오와 함께 단상으로 올라가 타츠키에게서 지킨다.

우리는 미래에서 왔다고. 움직임을 파악하고 있는 남자의 행동 정도는 쉽사리 막을 수 있지.

그리고 작전대로 나는 확실하게 타츠키의 팔을 잡아낸 것이다.

"이런 짓을 아무렇지도 않게 하려고 들다니, 나는 네 장래가 진심으로 걱정되는데."

"시끄러워! 너하고는 상관없잖아!"

상관이 없다고? 까불지 마. 나는 어렸을 때부터 나오와 함께 자라온 소꿉친구라고.

타츠키가 잡힌 팔을 떨쳐내려고 날뛰었다. 그 반동으로 인해 나는 균형을 잃고 엉덩방아를 찧어버렸다.

타츠키가 곧바로 나를 향해 주먹을 들어 올렸다.

이런, 맞겠다.

쳇. 내가 크게 다치는 역사도 바뀌지 않는다는 건가?

역시 인생을 다시 시작해도 제대로 된 일이 없네.

"헤이~, 헤이~, 왜 내 친구에게 손대려 하는 거야? 히어 위!
고~!"

타츠키가 날린 오른쪽 훅을 키가 큰 껄렁남이 막았다.

타악, 날카로운 소리가 무대 위에 울렸다.

이렇게 멋지게 등장하다니.

"오니키치!"

"늦지 않아서 다행이야, 나나찌. 토우카에게 고마워하라고."

오니키치의 시선을 따라 무대 옆을 보니 몸을 앞으로 숙인 채
어깨를 들썩이며 숨을 쉬는 과장님이 있었다. 그리고 내 얼굴을
보며 엄지손가락을 치켜들었다.

역시 대단하시네요, 과장님.

"너는 뭐야! 나대지 말라고!"

나츠키의 얼굴이 매우 일그러졌다. 매우 열받은 모양이다.

하지만 오니키치와 타츠키는 체격 차이가 많이 난다.

"헤이~, 헤이~, 타츠키~, 남자는 원래 나대야 하는 법이라고!
같이 나대보자니까, 이 빅 웨이브에! 히어 위 고~!"

오니키치는 자연스럽게 몸을 반쯤 틀어서 잡고 있던 타츠키의
오른팔을 그 녀석 등 쪽으로 돌렸다.

너무나도 깔끔하게 움직여서 타츠키가 힘을 주지 않았던 것처
럼 보일 정도였다. 대단하네~.

"젠장! 이거 놔!"

타츠키가 몸을 좌우로 크게 흔들며 발버둥 쳤지만, 억누르고 있던 오니키치는 꿈쩍도 하지 않았다.

남자인 나도 반해버릴 것 같은데, 오니키치.

"이봐, 너희들! 그만해!"

느긋하게 상황을 지켜보고 있던 교사들이 그제야 단상 위로 올라왔다. 올라온 사람은 세 명인가……, 담임인 하야시도 있다. 교장과 교감은 무대 아래에서 상황을 지켜보고 있다. 뭐, 젊은 교사가 우선적으로 싸움을 말리러 나서는 건 어쩔 수 없는 일이 겠지.

체육관 전체가 소란스러워진 와중에 나오가 내 블레이저 소매를 조용히 잡았다.

그 손가락은 약간 떨리고 있었다.

"이제 괜찮아, 나오. 안심해."

굳어 있던 나오의 표정이 서서히 풀리기 시작했다.

지금까지 버티고 있었던 걸 칭찬해주고 싶다.

"너희 모두, 바로 교무실로 와라."

담임인 하야시가 말했다.

나는 하야시를 보았다.

"선생님, 아직 나오의 연설이 안 끝났는데요."

미간을 찌푸리며 대놓고 불만이라는 표정을 드러내는 하야시.

"무슨 소릴 하는 거냐, 시모노, 이런 상태로 계속할 수 있을 리가 없잖아. 나카츠가와는 사퇴 처리한다."

뭐, 하야시가 하는 말도 일리가 있다. 상황을 따지면 나오의 연설을 중단하는 게 타당한 판단이겠지. 싸움이 벌어지면 재빠르게 대처해서 원만하게 정리해야만 한다. 게다가 시의회 의원 아들이 관여한 싸움이니까.

그것이 녀석들, 어른 쪽 의견이다.

무대 위에 싸늘한 분위기가 퍼졌다.

하야시는 내게서 눈을 전혀 돌리려 하지 않았다.

그는 압력을 가하고 있다. 예전에 복도에서 그랬던 것처럼.

어른의 압력.

강한 입장의 압력.

내가 몇 번이나 경험했고, 계속 지기만 해왔던 것.

지금, 이 체육관에는 고등학생들이 수백 명이나 있다. 아이들이 어른과의 싸움을 보고 있다. 그저 조용히, 작은 소리조차 나지 않게끔 숨을 죽이고. 상황이 어떻게 되는지 지켜보고 있다.

어른에게는 어른의 사정이 있다. 그걸 아이들은 아직 이해하지 못할 것이다.

하지만 나는 녀석들과 마찬가지로 어른이다.

촌스럽더라도, 꼴사납더라도, 아이들에게 보여주면 한심한 모습이라도.

어른의 의무라는 게 있다.

아이들을 지킬 의무다.

그래서 나는 **고개를 숙였다**.

윗사람에게 부탁하기 위해서.

하야시에게 고개를 크게 숙였다.

나는 만년 일반 사원이었던 월급쟁이.

고개를 숙이는 건 내 특기다.

"부탁드립니다, 하야시 선생님. 연설이 끝나면 반드시 모두 함께 교무실로 가겠습니다. 그러니까 나오에게 연설을 하게 해 주세요."

나는 확실하게 한 마디, 한 마디가 상대방에게 전달되게끔 성의를 담아 말했다.

이게 내 방식이다. 어른으로서 내가 배워온 방식이다.

"이봐……, 시모노."

"부탁드립니다!"

몇 초 동안 정적이 이어졌다. 하야시의 표정도, 주위의 상황도, 고개를 숙이고 있는 나는 알 수가 없다. 그럼에도 불구하고 나는 대답을 들을 때까지 고개를 들지 않았다. 내 목소리를 약간이나마 잡아낸 마이크가 희미하게 울리는 소리를 그저 조용히 듣고 있었다.

메마른 목에서 소리가 날 것 같다는 생각이 들었을 때.

"교장 선생님, 괜찮겠습니까?"

낮은 목소리가 무대 아래로 향했다. 하야시의 목소리다.

잠깐 침묵이 이어졌다.

그리고 다시 하야시의 목소리가 울렸다.

"알았다. 그 대신, 시모노하고 타츠키, 그리고 타도코로는 무대 옆에서 얌전히 대기하고 있어라. 알겠지?"

"네, 감사합니다."

나는 고개를 들었다. 처음으로 오니키치와 눈이 마주쳤다. 윙크가 날아들었다. 여유롭네. 미래에 오니키치에게 빠지는 여자들의 마음이 이해가 된다. 그때가 오면 나도 이 녀석이 일하는 호스트 클럽에 한 번 놀러 가볼까.

타츠키는 불만이라는 표정을 지었지만, 사태가 수습되어가자 포기한 건지 더 이상 날뛸 기색을 보이지 않았다.

그 안쪽에서 과장님이 어쩔 수 없다는 듯한 표정으로 나를 보고 있었다.

나는 살짝 웃으며 반응했다.

노력이라는 건 반드시 보답받는다는 보장이 없다.

하지만 청춘을 누리는 아이들에게는 노력의 성과를 선보이는 자리만큼은 주어야 한다.

그것이 어른의 책임이라는 것이다————.

나오의 연설이 시작되었다.

◆

투표가 전부 끝나고 각 교실로 학생들이 돌아가는 와중에 나오를 비롯한 우리는 교무실에 딸린 안쪽 별실에서 하야시 앞에 나란히 서 있었다.

5평 정도 되는 좁은 별실이다. 아마 응접실일 것이다. 교무실과는 문 하나로 이어져 있긴 하지만, 벽으로 확실하게 나뉘어 있기에 방으로서의 기능이 있고 교무실에서 들리는 소리도 차단되고 있다. 반대로 말하자면 이쪽 목소리도 교무실에 들리지 않는다.

무슨 일이 일어나는지는 이 밀실에 있는 사람밖에 모르는 공간이다.

방에는 길고 길쭉한 책상이 하나, 그 옆에 접이식 의자가 접힌 채로 여러 개 겹쳐져 있었다.

하야시는 접이식 의자를 하나 꺼내서 펴고는 거기 앉아서 말했다.

"어째서 카미조까지 있는 거야. 너는 네 교실로 돌아가."

이 방으로 불려온 사람은 나오와 나, 오니키치와 타츠키. 과장님은 자신의 의지로 여기 와 있다.

하야시가 수상쩍어하는 표정을 짓자 과장님은 싸늘한 눈초리를 보내며 대답했다.

"저도 나카츠가와 양의 응원회예요. 타도코로 군을 부른 것도 저니까 확실하게 관여했습니다."

과장님의 능력은 교사들 사이에서도 유명하다는 이야기를 들은 적이 있다. 게다가 저번에 복도에서 있었던 일까지 생각하면, 하야시의 마음속에서 과장님은 골치 아픈 인물이라는 인상이 있을 게 뻔하다. 사실 이곳에 있으면 껄끄러울 것이다. 하지만 그 이상으로 과장님을 쫓아내는 데 수고를 들이는 것이 시간 낭비라고 생각한 모양이었다. 하야시는 귀찮다는 듯이 한숨을 쉬었다.

"에휴……, 그럼 됐다."

나는 그런 하야시에게 일이 어떻게 된 건지 대충 설명했다.

타츠키가 앙심을 품어서 생긴 일이라는 것을 조금이라도 객관적인 시점으로 전달할 수 있게끔 냉정하게 단어를 골라가며 말했다.

타츠키는 내가 말하는 동안 끼어들거나 부정하려 하지 않았다. 자기가 벌을 받지 않을 것이라는 예상에 어지간히 자신이 있었던 걸까. 계속 무표정하게 서 있는 이 남자를 보니 약간 껄끄럽기까지 했다.

"사정은 대충 알았다. 선생님들도 학생들의 사적인 교우 관계까지 참견할 생각은 없어. 하지만 너무 다투진 말았으면 하는데. 저번에도 충고했을 테고."

대충 설명이 끝나자 하야시가 그렇게 말하며 우리를 슬쩍 보았다.

그건 우리가 아니라 타츠키 한 명에게 해야 할 말 아닐까.

"아무튼, 연대 책임이다. 너희들은 오늘, 방과 후에 남아서 모두 선거 관리위원이 뒷정리를 하는 걸 도와라. 그런 다음에 반성문을 제출해. 카미조, 너도 마찬가지다. 스스로 관여했다고 했으니까."

"네, 물론 그건 상관없습니다만, 선거 관리위원을 돕는 거라면 애초에 거기 소속인 타츠키 군에게는 벌이 안 되는 것 아닌가요?"

눈살을 찌푸린 하야시가 대답하기도 전에 오니키치가 입을 열었다.

"아니, 타츠키는 여자한테 손을 대려고 했는데 정학도 안 당하나요~? 그냥 폭행이잖아요?"

오니키치의 말투는 평소처럼 껄렁대는 말투였지만, 눈빛은 진지함 그 자체였다.

제대로 된 정론이다.

하야시는 오니키치를 골치 아프다는 듯이 노려본 다음, 타츠키를 돌아보았다.

"타츠키, 네가 손을 댔나?"

"아뇨."

뻔뻔한 표정으로 대답하는 타츠키.

"나카츠가와, 너, 타츠키의 손이 조금이라도 **네 몸에 닿았나?**"

"아, 아뇨……."

"그럼 너희가 지레짐작한 거 아니야?"

이 녀석…….

그렇군, 그런 방향으로 끌고 가려는 속셈인가?

실력 있는 변호사 행세라도 하려는 모양이다.

"헤이, 헤이, 선생님! 그렇다고 해도 타츠키가 나나찌를 때리려 한 건 봤지? 내가 말리지 않았다면 나나찌는 분명히 맞았을 거야. 그걸 지레짐작이라고 하는 건 무리가 있을 텐데."

오니키치가 물고 늘어졌다.

"그건 시모노가 먼저 타츠키의 팔을 잡았기 때문이잖아? 안 그러냐? 타츠키."

"그렇죠. 시모노가 갑자기 제 팔을 잡길래 깜짝 놀라서 저도 모르게 몸이 움직여버렸습니다."

"그렇지? 타도코로도 타츠키에게 손을 댔고. 타츠키를 정학시키킨다면 양쪽 다 처벌해야 하니 너희에게도 같은 처분을 내려야 해. 선생님은 너희를 생각해서 정상 참작의 여지를 남겨두려는 거다. 아니면 너희도 정학당하고 싶은 거냐?"

"저는 상관없는데요."

말 잘했다. 오니키치.

"저도 상관없습니다."

하야시는 나와 오니키치의 얼굴을 보고 크게 한숨을 쉬며 머리를 감싸 쥐었다.

"바보 같은 소리 하지 마라. 고작 이런 것 가지고."

"고작……, 이런 것?"

과장님이 눈을 가늘게 뜨며 앞으로 나서려 했다. 나는 재빨리 과장님의 어깨를 붙잡았다.

과장님의 어깨가 분노로 인해 떨리고 있었다.

하지만 하야시는 분위기를 파악하지 못한 건지 낮은 목소리로 계속 말했다.

"고작 이런 거지. 다친 사람도 없는데 일부러 일을 크게 만들 필요가 있나? 카미조, 저번에도 말했지. 선생님들도 이런저런 사정이 있다고. 일을 크게 만들지 마라. 애초에 나카츠가와, 너한테도 원인이 있는 거 아니야?"

"어? 저요?"

갑자기 자기 이름이 나오자 놀랐는지, 나오가 몸을 움찔거리며 움직였다.

하야시는 그런 나오를 나무라는 듯한 눈초리로 바라보았다.

"그래. 평소에 셔츠를 풀어헤치고 다니면서 남자들을 착각하게 만드는 행동을 하니까 이런 일이 벌어진 거야. 남자는 유혹하면 어떻게든 될 거라고 생각하는 거 아니냐? 선거 날만 몸가짐을 바로 잡으면 되는 게 아니야. 학생회장에 입후보하는 건 상관없다만, 우선 자신의 생활 태도를 고쳐야지."

"……당신 말이야!!"

과장님이 이를 뿌득뿌득 울리며 당장에라도 뛰쳐나갈 듯한 기세로 몸을 내밀었다.

"과장님! 진정하세요!"

나는 과장님 앞에 서서 말렸다.

"비켜, 시모노 군. 당신은 이런 상황에서도 원만하게 해결하라는 거야? 못해, 내가 가만히 있을 여자일 것 같아? 이 아이가! 나오가 어떤 노력을 해왔는지 알기나 해?"

"알아요. 과장님 마음은 알아요."

"알면 비켜!"

"못 비켜요. 제가 누군지 알기나 하세요? 당신의 부하인 시모노 나나야라고요. 과장님이 나설 차례가 아니라는 거죠. 괜찮아요. 제게 맡겨주세요."

"시모노 군……."

나는 돌아서서 하야시를 똑바로 바라보며 과장님에게 말했다.

"남자에게는 한 방 날려야 할 때가 있는 법이에요."

그리고 천천히 하야시에게 다가갔다.

"뭐야, 시모노. 불만 있나?"

과장님은 말했었다. 나쁜 짓을 한 아이를 혼내는 게 어른이라고.

과장님은 정말 대단하다.

항상 앞날을 내다보고 생각한다.

'화를 내는 것'이 아니라 '혼내는 것'이라고 했다.

진심으로 카미조 토우카를 존경한다.

왜냐하면 나는 '혼내는 것' 같은 걸 못하기 때문이다.

나는 하야시의 눈을 똑바로 보았다.

그리고 심호흡을 한 다음, 마음을 다잡고 나서, 당당하게 말했다.


"지금부터 타츠키하고 하야시 선생님을 날려버릴 거예요."


"잠깐……, 시모노 군?! 무슨 소릴 하는 거야!"

"토우카 씨는 조용히 있어요!"

"네, 네!"

혼낸다고? 그런 건 못하지. Yuito 선생님이 말했었잖아? 감정적으로 변해보라고. 그 말을 따르려면 나는 이 녀석들을 혼낼 수가 없다.

왜냐하면 나는 나오를……, 친한 친구를 상처 입게 만든 이 녀

석들 때문에━━, 분노하고 있으니까!

"시모노, 너, 선생님에게 무슨 소릴 한 건지 알기나 하냐?"

"그래, 알고 있지. 뭐든 폭력으로 해결하면 된다는 생각이 얼마나 모자란 생각인지도 알고 있고, 당신이 타츠키의 부모 때문에 겁먹어서 이 녀석을 심하게 혼내지 못한다는 어른의 사정도 알고 있어. 그렇겠지, 어른은 짊어지고 있는 게 있어서 깨끗한 짓만 하면서 살 수가 없어. 특히 당신처럼 아직 젊고 입장이 약한 사람이라면 더욱 그렇겠지. 입장이 강한 사람의 압력을 이길 수는 없어. 뼈아플 정도로 잘 알아. 하지만, 그걸 알면서도 나는 나오를 상처 입게 만든 타츠키하고 당신을 용서할 수 없어. 교사를 때려서 퇴학당하더라도 상관없거든. 마음 편히 온 힘을 다해 날려줄게! 당신처럼 잘못된 어른이 이해할 수 있게 해줄게! 그래, 물론 나도 잘못되었지! 이렇게 어린애 같은 방법밖에 떠오르지 않는 나도 엄청 잘못되었어! 하지만 나는 잘못되었더라도 신경 쓰지 않아! 안심하고 잘못을 저질러 주지! 왜냐하면 내게는━━, 이렇게 어린애 같은 나를……, 잘못된 나를! 혼내주는 세계에서 가장 존경하는 상사가 있으니까!!"

하야시의 표정이 굳었다. 뭔가 말하려던 하야시는 그걸 집어삼키는 듯이 고개를 숙였다.

그런 하야시 대신 타츠키가 내 멱살을 잡고 소리쳤다.

"야, 누굴 때린다고? 어엉?! 상관없는 자식이 잘난 척하면서 다 안다는 듯이 나불대고 있네! 야, 할 수 있으면 해보라고!!"

"시끄러워! 이 망할 꼬맹이가!!"

"끄헉!"

때려줬다. 진짜로, 진심으로 때려줬다.

타츠키가 엉덩방아를 찧은 다음, 빨개진 볼에 손을 가져다 댔다.

"왜 그래? 내가 진심이 아닌 줄 알았어? 그냥 허세인 줄 알았냐고! 못 때릴 줄 알았냐!"

"이 자식……!"

"아니면 뭐야, 평소처럼 누군가가 지켜줄 줄 알았어? 어때, 처음으로 누가 지켜주지 않아서 느끼게 된 아픔이. 어때? 아프지!"

"……윽."

침을 삼키며 말문이 막힌 타츠키에게 내가 캐물었다.

"야, 너 말이야, 나오 마음은 생각해 봤어? 나오는 말이지, 엄청 고민했다고. 고백한 너하고 정면으로 마주 보기 위해서 제대로 생각하고 답을 내놓았단 말이야."

그렇다.

그 녀석은 진지하게 생각했다.

그렇지 않았다면 나한테 그렇게 진지한 표정으로 의논하려고 하지도 않았을 것이다.

타츠키에게 고백받았는데 어떻게 해야 할까.

상대방을 상처입히지는 않을까.

필사적으로 생각했을 게 틀림없다.

"어째서 나오가 그렇게 진지하게 생각했는지 알아?"

"……."

나는 엄청난 바보 녀석인 타츠키에게서 눈을 돌리지 않았다.

이 녀석은 그렇게 간단한 답도 모르는 건가?

그렇다면 가르쳐주지.

나는 타츠키를 있는 힘껏 노려보면서 말해주었다.

"네가 진지했기 때문이잖아!!"

야, 타츠키. 너는 잘못했어. 초등학생처럼 좋아하는 녀석을 건드리다가 차이니까 분해서 앙심을 품고. 그런 잘못을 저질러 버릴 정도로 나오를 정말로 좋아했던 거 아니야? 그렇잖아, 타츠키.

너는 말이야, 약간의 변화만으로도 미래가 움직여버릴 정도로 불안한 역사 속에서도. 어떤 영향도 받지 않고, 쳐내고. 너는 **또** 나오에게 고백했잖아!

역사가 반복되더라도 그것만은 변함이 없었잖아!

그만큼 진지하게 나오를 좋아했던 거잖아!

"실패하면 부끄럽긴 하지. 실패하면 꼴사납지. 실패하면 괴롭지. 하지만, 실패하더라도 네가 진지하게 나오에게 전한 마음만큼은 나오의 마음속에 제대로 남아있다고! 실패하더라도 남는다고! 그게 청춘이라는 거잖아!! 그게 사랑이라는 거잖아!!"

나는 얼굴을 새빨갛게 물들인 채 소리쳤다.

타츠키는 입술을 깨물고 아무런 말도 하지 않은 채 고개를 숙이고 있었다.

꼴 좋다, 거기서 확실하게 반성하라고.

자, 그럼 때려야만 하는 녀석이 한 명 남았지.

"선생님은 어른이니까 자기가 왜 맞아야 하는지 알고 계시죠?"

알고 있겠지. 당신은 알고 있을 거야.

하야시는 나를 강한 눈빛으로 노려보았다. 그리고 포기했다는 듯이 눈을 감았다.

나는 천천히 주먹을 들어 올렸다. 나도 각오는 다 됐다고.

그리고 하야시의 얼굴을 향해 있는 힘껏 휘둘렀다.

하지만 주먹이 하야시의 얼굴에 닿기 직전에 누군가가 내 팔을 붙잡고 막았다.

나는 돌아보았다.

"그만둬, 그 녀석을 때리면 진짜 퇴학당한다고."

타츠키가 내게 그렇게 말하며 내 팔을 살며시 놓았다.

나는 약간 멍해지고 굳어버렸다.

그런 내 마음도 모르고 타츠키는 내게서 시선을 돌리고는.

"나 참, 아프잖아."

타츠키는 투덜투덜거리며 나오 앞으로 천천히 걸어갔다.

그리고 나오를 향해 고개를 크게 숙였다.

"미안해, 용서해줘."

방 안은 매우 조용했다. 모두가 그 모습을 지켜보고 있었다.

나오는 약간 놀란 눈치였지만, 곧바로 평소처럼 기운차게 웃었다.

"응!"

그의 마음이 그녀에게 전해진 걸까. 아니면 그녀의 마음이 그에게 전해진 걸까.

타츠키는 곧바로 누구의 얼굴도 보지 않은 채 출구로 향했다.

그리고 문에 손을 댄 다음, 고개만 돌려서 이쪽을 보았다.

"선생님, 아까 내게 이 녀석에게 맞은 건 싸움을 했기 때문이야. 양쪽 다 처벌하겠답시고 나를 정학시키면 우리 아버지가 가만히 있지 않을 테니 그냥 넘어가라고."

마지막으로 그런 말만 남긴 뒤 타츠키는 방에서 나갔다.

잠시 후 하야시가 크게 한숨을 쉬었다.

"진짜……, 이해가 되는 녀석이 없군. 이제 됐다, 다른 선생님들에게는 내가 잘 말해둘 테니 너희도 그냥 가라. 뒷정리를 도울 필요도 없고, 반성문도 안 써도 된다."

하야시는 손으로 쫓아내는 시늉을 하며 우리에게 말했다.

"잠깐, 당신은 아직……."

"자, 자, 토우카, 허락을 받았으니까 가자~. 나오도 가자고, 히어 위 고~!"

"네에~! 히어 위 고~!"

"잠깐, 오니키치 군!"

오니키치가 과장님과 나오의 등을 떠밀면서 방에서 나갔다. 은근슬쩍 터치하는 솜씨가 대단한데, 이 녀석.

나도 타츠키 때문에 때릴 마음이 사라져버렸으니 얼른 교실로 돌아갈까.

그렇게 생각하고 문에 손을 댔을 때, 하야시가 말을 걸었다.

"시모노……, 너, 진짜로 나를 때릴 생각이었냐?"

"네. 하지만 나오가 타츠키를 용서했으니까 이제 됐어요."

"……나중에 나카츠가와에게 사과를 전해다오. 교사로서,

아니……, 어른으로서 해서는 안 되는 말과 행동을 했어."

하야시의 목소리는 평소와 달리 매우 부드러웠다.

"선생님, 그런 말은 본인에게 직접 하셔야죠."

"그런가……. 하하, 그렇겠지. 그래, 그렇게 하마."

"네."

"……너도 그렇고, 카미조도 마치 나보다 연상 같군."

"그렇지 않아요. 선생님은 훌륭한 어른이세요. 나오가 연설을 하게 해주셔서 감사합니다."

내 말을 듣고 하야시는 방긋 웃으며 손을 살짝 들었다. 마치 팽팽한 무언가로부터 해방된 것처럼 힘이 빠진 듯한 모습에서 그의 맨얼굴을 본 것 같은 느낌이 들었다.

나는 그 미소를 보고 방을 나섰다.

힘내라고, 젊은이.

그렇게 선배 행세를 하는 애송이인 내가 나중에 무서운 상사에게 엄청나게 혼났다는 건 굳이 말할 필요도 없다.

── | 에필로그

Why is
my strict
boss
melted
by
me ?

다음 날 아침.

학교 건물 입구 앞에 설치된 게시판에 어제 투표 결과가 붙어 있었다. 나오는 아쉽게도 불과 몇 표 차이 때문에 당선을 놓쳐 버렸다. 나오에게 문제가 있었던 게 아니다. 아마 추천 연설을 과장님이 했다면 이 정도 차이는 메꿀 수 있었을 것이다.

똑같은 내용이라도 읽는 사람에 따라 결과가 달라진다.

설득력……. 과장님이 했던 말이 지금에야 내 마음에 울렸다.

나는 아직 반푼이인 모양이다.

"안녕~, 나나야~!"

"나오, 안녕."

"뭐야, 아침부터 기운이 없네~! 가슴 만질래?"

"안 만져! 아니, 봐, 투표 결과."

"우와! 대단하네~, 2등이잖아! 나!"

"응, 아니, 그렇긴 한데, 2등이면 안 되거든. 낙선한 거라고."

"2등이면 안 되나요!"

"그러니까, 내가 방금 말했잖아! 넌 대체 뭘 듣고 있었던 거야!"

이 녀석은 진짜……, 맥이 빠진다.

"딱히 상관없어. 나나야하고 과장님이 열심히 해줬으니까, 나는 그것만으로도 충분해."

티 없는 미소를 지으며 내게 말하는 나오. 정말.

열심히 한 건 너잖아.

"고생했어."

나는 그렇게 말하며 나오의 머리를 마구 쓰다듬어 주었다.

"에헤헤~."

게시판 앞에서 그러고 있자니 차례차례 등교하는 학생들 중에서 보고 싶지 않았던 녀석이 나타났다.

나츠키가 이쪽을 한 번 보고는 곧바로 눈을 돌렸다.

"안녕! 타츠키!"

나오가 큰 목소리로 말하며 타츠키에게 손을 흔들었다.

타츠키는 다시 이쪽을 보고 약간 얼굴을 붉힌 다음에.

"그, 그래."

그렇게 말하며 한 손을 들었다.

잘됐네, 타츠키. 이제부터 확실하게 처음부터 다시 시작해서 나오에게 다시 한번 어택하란 말이야———라고 할 줄 알았냐, 이 망할 도련님 빌어먹을 껄렁남이! 왜 한 건 해결했다는 표정을 짓고 있는 거야! 냉정하게 생각하면 여자애를 무대 위에서 떨어뜨리려고 하는 건 말도 안 되는 발상이라고! 나오가 용서해도 내가 용서 못 해! 너처럼 껄렁대는 남자에게 내 소꿉친구는 죽어도 못 준다! 타임 리프라도 해서 다시 와라! 멍청아!!

나는 혼자서 타츠키를 위협하는 표정을 지었지만, 그 녀석은 나 같은 건 눈에 들어오지도 않는 건지 곧바로 신발장이 있는 쪽으로 사라졌다.

흥, 누가 뭐라 해도 네 청춘 러브 스토리는 내가 시작되게 두지 않을 거다.

"왜 그래? 나나야, 무서운 표정인데. 아침 발기한 거야~?"

"우선 너는 아침 발기의 의미를 착각하고 있어!"

"어머, 엄청 흥분했네……."

"의미심장한 목소리로 말하지 마! 흥분하긴 했지! 네가 너무 바보 같아서 말이야!"

"아앙, 나 때문에 흥분했다니, 나나야는 변태야."

"흐음~, 누가 누구 때문에 변태처럼 흥분했다고? 가르쳐줄래? 나나야 군."

악귀가 있었다.

사악한 귀신. 악귀가 악귀의 마을에서 내려왔다.

"과장님~! 나나야가 내 가슴을 보고 아침 발기해서 여기에 끼우고 싶다고 계속 흥분해~. 도와줘~!"

"좋았어, 나는 지금부터 너를 죽이고 나도 죽을 거야. 왜냐하면 어차피 악귀에게 살해당할 테니까."

과장님의 눈이 붉게 빛나고 있다. 무섭다. 무섭다, 무섭다.

그 붉은 눈이 내 옆을 지나 다른 곳에 초점을 맞췄다.

"낙선해버렸구나……, 아쉽네."

"그래도 과장님~, 나 2등이야!"

"나오……, 2등이면 안 되거든. 당선되지 않으면 학생회장이 될 수가 없어."

"2등이면 안 되나요!"

"내가 방금 말했잖니! 넌 대체 뭘 듣고 있었던 거야?!"

"아하하~! 나나야하고 똑같은 말을 하네~. 과장님하고 나나야는 닮은 꼴이야."

"무, 무, 무, 무슨 소릴 하는 거야, 나오. 나하고 나나야 군이 결혼해서 사이좋게 신혼생활을 하다 보니 서서히 충돌하는 경우가 늘어나서 한때는 이혼이라는 말도 나왔지만 그런 곤란한 상황을 둘이서 뛰어넘고 나이든 부부가 되어서 주위 사람들이 왠지 두 사람이 닮기 시작했네라는 말을 한다는 느낌인 거야? 바보 같은 소리 하지 마."

"네~, 죄송합니다~."

죄송합니다는 무슨, 확실하게 태클을 걸라고! 태클도 서투르냐! 거센 파도처럼 몰아친 개그였잖아!

아, 그래도 언젠가 나도 회사에서 과장님이 똑같은 개그를 했을 때 태클을 걸지 못하고 조건반사처럼 죄송하다고 사과했던 적이 있었지. 아, 지금 생각해보니 그것도 개그였나? 그걸 알 수 있게 되다니, 나도 꽤 성장했잖아. 과장님하고 친해졌다는 증거다.

"자, 이제 가야지. 안 그럼 지각해버릴 거야."

"아, 그렇지! 또 봐~, 과장님~!"

"나오, 그러기 전에 잠깐 이쪽으로 와."

"응?"

나오가 의아해하며 과장님 앞으로 타박타박 걸어갔다.

그런 나오를 과장님이 살짝 끌어안았다.

"정말 열심히 했지. 고생 많았어, 나오."

"자, 잠깐만, 과장님~, 창피해~."

나오는 그렇게 말하면서도 과장님의 가슴에 얼굴을 묻었다.

"자, 그럼 이번에는 진짜로 다녀오렴."

"네~, 과장님~, 고마워! 정말 좋아해!"

나오는 쑥스러워하며 신발장 쪽으로 향했다.

"뭐 하고 있어, 시모노 군도 얼른 가. 지각 엄금이야."

"과장님도요."

"학교에서 과장님이라고 부르지 마!"

볼을 부풀리는 과장님. 귀엽네, 정말.

"그럼, 과장님도 고생하셨어요."

나는 손을 들어 보인 다음 신발장 쪽으로 돌아섰다.

"나나야 군!"

"네?"

갑자기 부르는 목소리에 나는 멈춰서서 과장님의 얼굴을 들여다보았다.

진지한 표정이다. 대체 왜 그러는 거지.

"연설, 열심히 했지."

"감사합니다."

"40점 정도."

"너무 짜!"

"억양을 주는 방식이 애매했어. 제일 호소하고 싶은 부분이 희미하고 약해. 그리고 뜸을 들이는 방식도 못쓰겠고. 리듬이 안 좋았어. 그러면 흥미 없는 사람들은 졸려버리거든. 흥미가 없는 사람에게 얼마나 흥미를 지니게 만들 수 있는지가 프레젠테이션의 핵심이야. 그리고 표정. 계속 진지한 표정을 지으면 안 돼. 가끔 미소를 보이면서 내용에 완급을 줘야지. 스토리 한 편을 확실하게 그려나가면서 연설을 하도록 해. 뭐, 나나야 군 치고는 당당하게 했으니까 그건 추가 점수를 준 거야."

"거센 파도처럼 몰아치는 퇴짜! 추가 점수까지 합쳐서 40점?!"

진지한 표정으로 무슨 말을 하나 싶었는데, 진짜로 진지한 이야기였어!

젠장, 못 들은 척하고 교실로 갈 걸 그랬다.

"그럼, 일주일 안에 개선점을 정리해둬. 딱히 제출할 필요는 없어. 다음 기회에 잘 살릴 수 있게끔 파일링만 해두면 되니까."

"여기는 회사가 아니라고! 마음 편히 고등학교 생활을 즐기고 싶은데!"

"무슨 소릴 하는 거야. 7년 뒤에는 사회인인데. 우리 회사는 면접이 엄격해. 나나야 군은 아슬아슬하게 입사했거든? 내정되었던 사람 한 명이 퇴사해서 정원을 맞추려고 추가로 채용한 거야. 인사부 사이토 과장님에게 들은 이야기니까 확실한 정보야."

"충격적인 사실을 왜 지금! 그리고 사이토 과장님이 그랬다면 진짜로 그런 거잖아요! 일부러 정보의 정확도를 올리지 않아도 되거든요!"

"7년 뒤에는 확실하게 다시 디 오팀 상사에서 근무할 수 있도록 해. 미래는 바뀔 수도 있으니까 방심하지 말고."

"어~, 제 진로는 이번 인생에서도 벌써 결정된 건가요~."

"당연하지. 안 그러면 다시 나나야 군하고 같은 회사에서 근무할 수가 없잖아."

"뭐, 그렇긴 하죠."

"그럼, 확실하게 연설 중에 뭘 잘못한 건지 생각해 둬."

과장님은 평소처럼 잔소리 모드로 팔짱을 끼고 있다가 곧바로 2학년 신발장 쪽으로 사라졌다.

아침부터 기운이 빠진 나도 신발장으로 가서 신발을 벗었다.

"어라……, 왠지 오늘 과장님에게서 뭔가 위화감이 드는데."

내가 그 위화감의 정체를 알게 될 때까지 한나절이나 걸렸다.

◆

"헤이~, 헤이~, 나나찌, 학교 식당만 가지 말고 오늘이야말로 교실에서 오니하고 같이 점심 먹자고~. 자, 나나찌를 위해서 도시락을 두 개 싸 왔거든, 히어 위 고~!"

오니키치가 4교시 수업이 끝나는 종이 울린 것과 동시에 내 자리로 와서 말했다.

"아니, 마음은 기쁘긴 한데, 내 것까지 도시락을 싸 오면 좀 무섭거든."

"아니, 이렇게라도 하지 않으면 나나찌는 금방 학교 식당으로 가버릴 거잖아?"

"오히려 왜 그렇게까지 하면서 나하고 점심을 먹고 싶은 건데!

아니, 너도 같이 학교 식당으로 가면 되잖아."

"나는 고등학교를 졸업하면 상경할 생각이라서 절약하고 있거든."

"이유가 너무 고결해서 받아칠 말이 없네! 그럼 내 도시락까지 싸 오지 말았어야지! 미안하잖아!"

"이러면 거절하기가 힘들잖아?"

역시 넘버원 호스트. 심리를 장악하는 게 정말 능숙하다.

뭐, 딱히 상관없겠지. 나도 그렇게까지 거절할 이유가 없으니까.

사실 학교 식당의 사누키 우동이 너무 치유되니까 날마다 기대하고 있었는데. 가끔은 괜찮겠지.

그렇게 오니키치에게 알겠다는 사인을 보내기 일보직전이었다.

태풍의 눈이 하나 더 나타났다.

"나나야 군~! 점심 먹으러 가자!"

교실 문이 드르륵, 열리고 초절세미인이 고개를 내밀었다.

"카미조 선배다", "우와, 귀엽다~", "어? 시모노하고 알고 지내는 사이야?"

단숨에 반 친구들이 떠들기 시작했다.

저 사람은 자기가 눈에 띈다는 사실을 좀 더 자각했으면 좋겠다.

"아쉽게 됐네, 토우카. 내가 나나찌를 먼저 예약했다고, 히예아!"

오니키치의 쓸데없는 도발 때문에 오기가 생겼는지, 과장님이 교실 책상을 헤치며 우리 쪽으로 달려왔다. 손에는 냅킨으로 포장된 상자 두 개를 들고 있다. 기분 나쁜 예감.

"잠깐, 오니키치 군, 그게 무슨 소리야. 나나야 군은 나하고 옥상에서 점심을 먹을 건데. 봐, 도시락도 싸 왔거든?"

왜 이 사람은 처음부터 약속을 잡아둔 것처럼 말하는 걸까. 나는 처음 듣는 소리인데.

"쯧쯧쯧, 토우카. 내가 나나찌를 위해서 싸 온 이 도시락을 보고도 그런 말을 할 수 있을까?"

그리고, 이 녀석은 왜 경쟁하는 건데. 어? 뭐야, 나를 좋아하는 거야? 그렇다면 이야기가 달라지는데.

"자신이 있나 보네, 오니키치 군. 그럼 여기서 둘 다 보여주고 나나야 군에게 직접 고르라고 하자."

"올 라잇~, 그 승부, 받아들이지! 히어 위 고~!"

싫어~, 내게 아무런 이득도 안 되는 심사 같은 건 하고 싶지 않다고~. 그냥 학교 식당에 가서 사누키 우동을 먹고 싶다고~.

이럴 때 나오가 있어준다면 이야기를 얼버무릴 수 있어서 도움이 될 텐데, 그 녀석은 항상 안뜰에서 점심을 먹으니까 이 시간에는 교실에 없다.

젠장~, 나 혼자서는 짐이 무겁다고~.

"우선 내 도시락이야. 짜잔~!"

짜잔~ 같은 소리 하는 과장님은 보고 싶지 않아~. 그래도 귀여워~.

"예이, 예이, 이거 꽤 대단한데, 토우카."

과장님의 도시락은 깔끔한 더·도시락.

1단은 쌀밥. 위에 얹은 김이 괜찮은 느낌으로 축축해졌다.

2단은 반찬이다. 닭튀김에 계란말이, 문어 비엔나에 브로콜리, 미니 토마토.

가장자리에는 조림 반찬도 있었다.

딱히 특징이 없는 도시락이지만, 식욕을 부추기는 구성이었다. 한마디로 표현하자면, 훌륭하다. 이게 바로 도시락이다.

"자, 다음은 너야, 오니키치 군."

"그럼 오니의 도시락 시간입니다~! 가볼까요~! 히어 위!"

오니키치가 뚜껑을 열었다. 히어 위에 고를 붙일 절호의 타이밍 아니야? 역시 기준을 잘 모르겠다.

오니키치가 연 도시락 안에는 콩나물 볶음이 잔뜩 들어 있었다. 약간 갈색인 걸 보니 간장으로 간을 한 모양이었다.

"승자, 카미조 토우카."

"나나찌?!"

"나나찌?!는 무슨! 너, 용케도 이런 도시락으로 자신만만했구나! 도시락이 아니라 그냥 그릇에 담아온 콩나물이잖아! 오히려 상경하기 위해서 이렇게까지 절약하는 걸 보니 감탄했어! 힘내라, 오니키치, 응원할게!"

"헤이~, 헤이~! 땡큐입니다~!"

힘내라고 말해주니 기뻐하는 오니키치. 이쪽도 나름대로 귀엽네.

"그럼 오니키치 군, 나나야 군은 사양하지 않고 데려갈게."

"홋, 어쩔 수 없지~! 남자와 남자의 약속이야! 가지고 가! 도둑놈~!!"

"남자도 아니고, 도둑놈도 아니야!"

과장님은 오니키치에게 태클을 걸면서 내 손을 끌어당겼다.

"가자, 나나야 군!"

빠른 속도로 교실을 뛰쳐나가 달렸다.

이 청춘 드라마는 뭐지.

나쁘지 않네.

◆

하늘은 푸르렀고, 옥상은 내리쬐는 햇빛으로 인해 절호의 오픈 테라스가 되어 있었다.

기분이 좋다.

나는 철책을 등지고 앉아 과장님이 싸 온 도시락을 먹었다.

응, 상상했던 대로 맛있네. 특히 조림이 맛있다. 맛이 제대로 배어 있어. 역시 과장님이야.

"나나야 군, 맛있어?"

"네, 최고예요."

"다행이네."

나도 지금은 아침부터 들었던 위화감을 눈치채고 있었다.

과장님이 계속 나를 나나야라고 부르고 있다.

이유? 그걸 알았다면 내가 동정이 아니었겠지.

여심 같은 건 몰라. 이제 슬슬 포기하려고.

"그건 그렇고."

과장님이 진지한 표정으로 나를 보았다. 예쁘다.

"왜 그러시죠."

"어제, 나를 토우카라고 불렀지?"

"그랬나요? 기억이 안 나는데요."

"호오~, 시치미를 뗄 셈이구나."

"기억이 안 나니까 어쩔 수 없잖아요."

"그럼 카페에서 불렀던 것도?"

"네?!"

뭐, 뭐지?!

"아, 그건 기억하고 있구나."

"아, 아니, 무슨 말씀이신지."

"안 돼. 그런 반응을 보여놓고 이제 와서 기억이 안 난다는 말은 안 통하거든."

진짜로~? 뭐야? 깨어있었다고? 으아~, 왠지 창피해지기 시작하는데.

"죄송합니다."

"왜 사과하는 거야."

"화나신 거 아니에요? 상사한테 버릇없다고."

"그 반대야! 항상 말했잖아, 학교에서 과장님이라고 부르지 말라고! 언제까지 상사 부하 관계를 계속 끌고 갈 건데."

"아니, 그래도 상사잖아요."

"그냥 고등학교 선배라고 생각할 순 없어? 벌써 고등학생으로 돌아온 지 한 달 정도가 되어가는데."

음~, 잠깐 생각해 보았다.

"힘들겠네요."

"대답이 빠르네."

"죄송합니다."

"적어도 토우카 선배라고 부르는 건?"

"어째서 이름을 고집하시는 건데요. 아얏."

어깨빵을 맞았다. 어째서.

"그럼 카미조 선배라고 불러도 돼."

"그것도 힘들겠네요."

"어째서! 처음에는 카미조 선배라고 불렀잖아!"

"아니, 그때는 아직 과장님이 아니라고 생각했으니까."

"지금도 과장님 아니야! 고등학생이잖아!"

"뭐, 그렇긴 하지만요."

"이제 됐어……, 에휴."

풀 죽어버렸다.

과장님이 나를 놀리는 게 아니라는 건 나도 이제 알고 있다.

그야 나도 사실은 마음 편히 토우카 씨라고 부르고 싶지.

그래도 말이야…….

쑥스럽잖아!

이제 와서 과장님을 토우카 씨라고 부르면 남자친구 행세를 하는 것 같아서 쑥스럽잖아!

게다가 본인이 말해서 바꾼다니, 더더욱 쑥스럽잖아!

다들 어떤 타이밍에 어떤 식으로 바꾸는 거야? 너무 어렵지 않나?

어라, 연애 멘탈리스트 Yuito의 동영상 중에 좋아하는 사람을 자연스럽게 이름으로 부르는 방법 같은 거 없었나? 젠장, 생각이 안 난다. 주말에라도 역 앞에 있는 카페에 가서 이 시대의 Yuito 선생님을 찾아볼까. 직접 물어볼 수 있다면 편할 텐데. 설마 같은 지역에 살았다니, 기적이다. 좋아, 반드시 그렇게 하자. 주말 일정이 정해졌네.

"아……, 그리고 보니 과장님이 말했던 학생회 말고 다른 청춘을 누리고 싶다는 건 무슨 뜻인가요?"

카페라는 단어를 생각하다가 카페에서 나눈 이야기가 떠올라서 중간에 얼버무렸던 것을 다시 물어보았다.

결국 학생회장은 다른 사람이 되어서 역사가 바뀌었는데.

이 새로운 역사 속에서 과장님은 어떤 청춘을 보내고 싶은 걸까.

"따, 딱히, 당신하고는 상관없잖아."

"그렇긴 한데요, 모처럼 이야기가 나왔으니까 물어보고 싶어서요."

"어째서."

"아니, 과장님에 대해서 이것저것 알고 싶으니까."

"……당신, 그런 거 별생각 없이 말하는 거야?"

"네? 뭐가요? 무섭네."

"내가 더 무섭거든?"

"결국 가르쳐주시지 않을 건가요?"

"그, 그렇게 알고 싶어?"

과장님의 목소리가 약간 바뀐 것 같았다.

왠지 판도라의 상자를 열어버린 기분이 들긴 했지만, 나는 대답했다.

"네."

과장님이 잠시 망설이는 모습을 보이다가, 뭔가 결심한 듯이 나를 바라보았다.

"그건 말이지……."

옥상에 시원한 바람이 불었다.

내 손에 마음이 편해지는 따스한 체온이 얹혔다.

"과, 과장님……?"

과장님의 오른손이 내 왼손과 겹쳐졌고, 가녀린 손가락의 감촉이 스쳐 지나갔다.

"내가 하고 싶은 청춘은……, 나나야 군이랑."

과장님의 몸이 겹칠 듯한 자세로 내게 기울기 시작했다.

예쁜 속눈썹. 하얗고 뽀얀 피부.

부드러울 것 같은 입술.

달콤한 향기가 유혹하는 것처럼 내 폐를 침식했다.

나는 필사적으로 그 향기에서 벗어나기 위해 몸을 뒤로 젖혔다.

하지만 시선만은 돌릴 수가 없었다.

예쁜 그녀에게서.

"저, 저랑……?"

내가 침을 삼키면서 묻자 과장님의 볼이 버찌처럼 붉게 물들었다.

당장에라도 입술과 입술이 닿지 않을까라는 생각이 들 정도로 가까운 거리.

두 사람의 심장 고동 소리가 들린다.

그리고 촉촉한 눈으로 나를 바라보며, 그녀가 말했다.

"나는 정말 좋아하는 나나야 군이랑 둘만의 청춘을 다시 시작하고 싶어!"

꽈앙!

기울던 몸과 긴장을 버텨내고 있던 내 복근이 한계를 맞이했다.

뒤통수에 딱딱한 철책의 싸늘한 감촉을 느낀 것과 동시에 심한 통증이 생겨났다.

"윽……."

"어라? 나나야 군?! 저기, 괜찮아?!"

나는 그대로 의식을 잃어버렸다.

◆

"아야야……, 어라? 여긴?"

정신을 차리고 보니 보건실 침대였다.

분명히 옥상 철책에 머리를 부딪혀서……, 기절한 건가?

"아, 깨어났네."

침대 옆에서 접이식 의자에 앉아있던 과장님이 이쪽을 보고 말했다.

"과장님…….."

"이제 괜찮아? 머리는 안 아파?"

"네."

"그럼 다행이고."

"걱정 끼쳐드려 죄송합니다."

방긋 웃는 과장님에게 나는 고개를 숙였다. 그런 다음 그녀를 빤히 바라보았다.

"왜, 왜 그렇게 보는데?"

"음~, 교복을 입고 있는 걸 보니 타임 리프를 한 뒤의 과장님이군요."

"당연하지, 또 바보 같은 소릴 하네. 머리를 부딪힌 정도로 원래 시대로 돌아갈 수 있었다면 그 신사는 정말 대충대충인 곳이야."

"아니, 애초에 전부 꿈이 아닐까 해서요. 왠지 머리가 둥실둥실하고."

"잠깐, 괜찮아? 기억 상실증 같은 거 아니고?"

과장님이 걱정스럽게 내 얼굴을 들여다보았다.

"괜찮아요. 머리를 부딪히기 전까지 있었던 일은 확실하게 기억하고 있으니까."

"그, 그래."

과장님은 얼굴을 붉히며 눈을 피했다. 왜 쑥스러워하는 거지? 그러면서도 이쪽을 힐끔힐끔 보고 있다.

"과장님 왜 그렇게 머뭇거리세요? 무슨 일 있었어요?"

"……어?"

"응?"

"기, 기억하고 있는 거 맞지?"

"네, 뭐. 옥상에서 도시락을 먹다가."

그러다가……, 뭐였지? 음…….

"어라? 제가 왜 머리를 부딪혔죠?"

"……."

"이상하네. 과장님이 싸 오신 도시락을 먹던 것까지는 기억이 나는데……, 과장님, 왜 그랬죠?"

"몰라!"

"어?! 왜 화를 내시는 건데요?! 제가 또 뭔가 저질렀나요?!"

"으~, 바보, 바보, 바보, 바보! 몰라, 몰라, 몰라!"

"부탁드릴게요, 과장님. 가르쳐 주세요! 설마 제가 또 과장님에게 실례되는 짓을!"

"혼자서 생각해 봐! 계속 상사에게 의존만 하면 성장하지 못한다고!"

"이럴 수가~! 그런 말씀 하지 마시고 가르쳐 주세요, 과장님~!"

"흥, 몰라! 이 바보 나나야 군!"

메롱, 하고 혀를 내미는 내 상사.

화가 난 건지, 아니면 뭔가 쑥스러워하는 건지.

그런 그녀가 갑자기 내 머리에 부드러운 손을 올리고는 자상하게 쓰다듬었다.

"과, 과장님?"

"저번에 당했던 걸 복수하는 거야."

"네, 네에."

그 손은 매우 따스했고.

매우 안심이 되었고.

그리고.

"다음부터는 조심해야 해, 나나야 군."

부드럽게 미소를 짓는 그녀는 무척이나 예뻤다.

과연 눈앞에 있는 내 짝사랑 상대는 지금 무슨 생각을 하고 있는 걸까.

엄한 여자 상사가 내게 호감을 보이는 이유는 아직 잘 모르겠다.

# 후기

본편을 읽어주셔서 감사합니다. 토쿠야마 긴지로입니다.

인생을 처음부터 다시 시작하고 싶다. 많은 분들께서 한 번쯤은 생각해본 소원 아닐까요.

물론 지금 이 순간이 불평할 구석이 없을 정도로 충실하고 만족스럽다고 딱 잘라 말할 수 있는 게 이상적이겠지만, 인간은 꽤 약한 존재라 무심코 뒤를 돌아보게 되죠.

저는 하루에 스무 번 정도는 돌아보는 것 같습니다. 지금도 5분 전에 산 블랙커피를 마시면서 '아~, 카페오레를 살 걸 그랬네~, 편의점에 가기 전으로 타임 리프할 수 없을까~?'라는 생각을 하면서 이 후기를 쓰고 있습니다.

그런데 뭐, 신은 그렇게 만만하지 않고, 이 쓴 커피가 만만한 맛이 되는 것도 아닙니다.

그래서 이 작품의 신, 작가인 저는 시모노 군과 토우카 양에게 만만하지 않은 시련을 내려주었습니다. 그렇게 간단히 과거로 돌아가서 달달한 러브코미디를 할 수 있을 거라 생각했다면 큰 오산이라고!

그렇게 의기양양하게 웃으면서 쓰다 보니 끝날 때쯤 그들은 달달한 러브코미디를 하고 있었습니다.

발끈했기에 만약에 속편을 쓸 수 있게 되면 더욱 당분이 지나

칠 정도로 달달한 러브코미디로 만들어줄까 합니다. 작가가 디저트를 좋아하는 사람이라 다행이지? 시모노 군.

그런 시모노 군과 토우카 양의 러브코미디를 멋지게 장식해주시고, 그야말로 제 상상을 구현해주신 일러스트 담당, 요무 선생님. 처음 요무 선생님께서 그려주신 카미조 토우카를 보았을 때는 마치 시모노 군처럼 '과, 과장님~' 하면서 황홀해했습니다. 역시……, 대인기 일러스트레이터 요무 선생님! 이것이 타이츠의 전도사……, 요무 선생님!

멋진 일러스트를 잔뜩 그려주셔서 정말 감사합니다.

그리고 많은 담당 작품을 맡고 계셔서 정말 바쁘신 와중에도 기획 단계부터 힘써주신 담당 편집자님. 이 작품을 간행하는 데 있어서 많은 힘을 써주신 여러분. 진심으로 감사의 말씀을 드립니다.

그리고 지금 이 후기를 읽고 계신 독자 여러분.

여러분이 계시기에 이 작품이 있습니다.

저는 데뷔하기 전에 계속 러브코미디를 썼습니다. 러브코미디가 좋아서 라이트노벨을 읽기 시작했고, 러브코미디가 좋아서 라이트노벨을 쓰기 시작했습니다.

그 러브코미디를 많은 분들께서 읽어주시는 제 꿈을 이루게 해주신 독자 여러분. 정말 감사합니다. 너무 행복합니다.

그러니 지금 인생은 타임 리프하지 않아도 될 것 같네요.

앞으로도 부디 잘 부탁드립니다.


토쿠야마 긴지로

## 역자 후기

안녕하세요, 천선필입니다.

『엄한 여자 상사가 고등학생으로 돌아갔더니 내게 호감을 보이는 이유』, 재미있게 읽으셨는지 모르겠습니다.

시간 여행은 정말 다양한 매체에서 다양한 이야기가 전개되어 온 소재 중 하나입니다. 이 작품에서 사용된 과거로 정신만 이동하는 타임 리프뿐만이 아니라 몸, 다양한 장비와 함께 이동하는 경우, 과거가 아니라 미래로 이동하는 경우, 머나먼 과거로 이동한 줄 알았는데 알고 보니 머나먼 미래였던 경우, 당장 생각나는 것만 해도 많은 작품들이 있네요. 그만큼 시간이라는 개념이 우리 삶과 굉장히 밀접하게 연관되어 있고, 그로 인해 다들 한 번씩은 생각해보는 게 시간 여행이라 그런 것 같기도 합니다. 굳이 의식해서 생각해보려 하지 않더라도 살다 보면 '아, 그때 이렇게 할걸. 그때로 돌아가면 이렇게 할 텐데'라는 생각이 저절로 들곤 하니까요. 독자 여러분께서는 어떤 시절로 돌아가고 싶으신지 궁금하네요.

그런 타임 리프를 하게 된 주인공과 히로인이 이것저것 시행착오를 겪으며 서로 다가가는 게 이 작품의 주요 내용이었습니다. 개인적으로는 중간중간 들어간 토우카의 시점에서 묘사되는 이야기가 은근히 재미있게 느껴졌던 것 같습니다. 특히 공원에서 전개된 에피소드는 읽으면서 저도 모르게 웃음이 나올 정도였습니다. 결과적으로 보면 토우카가 주인공을 처음 좋아하게 된 날을 회상하게 만드는 장치가 되었지만, 이렇게 소소한 재미 또한 작품을 더욱 탄탄하게 만들어주는 요소라는 생각도 듭니다.

이런 생각을 하면서 『엄한 여자 상사가 고등학생으로 돌아갔더니 내게 호감을 보이는 이유』를 번역하였습니다. 매번 그랬듯이 감사의 말씀 드리고 후기를 마치려 합니다.

항상 신경을 많이 써주시는 담당 편집자분, 그리고 책을 내는 데 도움을 많이 주신 소미미디어 관계자 여러분, 그리고 가족 여러분. 감사합니다.

그 누구보다 감사드리고 싶은 분은 독자 여러분입니다. 제가 이렇게 무사히 번역을 마치고 후기를 쓸 수 있는 것도 독자 여러분 덕분이라 생각합니다. 진심으로 감사드립니다.

다시 찾아뵙게 될 때까지 행복한 하루 보내시길 바랍니다.
감사합니다.

천선필

KIBISHII ONNA JOSHI GA KOKOSEI NI MODOTTARA ORE NI DEREDERE SURU RIYU
~ RYOKATAOMOI NO YARINAOSHI KOKOSEI SEIKATSU ~
Copyright © 2020 Ginjirou Tokuyama
Illustrations copyright © 2020 YOM
Korean translation rights arranged with SB Creative Corp.
through Japan UNI Agency, Inc., Tokyo

## 엄한 여자 상사가 고등학생으로 돌아갔더니 내게 호감을 보이는 이유

**2022년 01월 15일 1판 1쇄 발행**

저　　　자 | 토쿠야마 긴지로
**일러스트** | 요무
**옮 긴 이** | 천선필
**발 행 인** | 유재옥
**본 부 장** | 조병권
**담당편집** | 박치우
**편집 1팀** | 이준환 김혜연 박소연
**편집 2팀** | 정영길 조찬희 박치우
**편집 3팀** | 오준영 곽혜민 이해빈
**디 자 인** | 김보라 박민솔
**라 이 츠** | 한주원 이승희
**디 지 털** | 박상섭 이성호 최서윤 김지연
**발 행 처** | (주)소미미디어
**인쇄제작처** | 코리아피앤피
**등　　　록** | 제2015-000008호
**주　　　소** | 서울시 마포구 토정로 222, 403호(신수동, 한국출판콘텐츠센터)
**판　　　매** | (주)소미미디어
**영　　　업** | 박종욱
**마 케 팅** | 한민지 최정연 김보미
**물　　　류** | 허석용 백철기
**전　　　화** | 편집부 (070)4164-3962, 3963　기획실 (02)567-3388
　　　　　　　 판매 및 마케팅 (070)4165-6888, Fax (02)322-7665

ISBN 979-11-384-0603-1
ISBN 979-11-384-0602-4 (세트)